쓰는 사람이 되고 싶다면

독자에서
에세이스트로

쓰는 사람이 되고 싶다면

배지영 지음

사계절

차례

3장 어떻게 쓸까

4장 계속 쓰면 책이 될까

프롤로그

하지감자 덕분에 확장된 글쓰기

한낮에는 처마 밑 고드름 녹는 소리가 빗방울 떨어지는 것처럼 들렸다. 뜨끈한 아랫목의 밍크 이불 속에서 자매들과 티격태격하던 나는 창호지에 스민 밝고 따스한 빛에 끌려 토방으로 나갔다. 젊고 팔팔한 우리 엄마는 맨발로 토방에서 쿵쾅거리는 딸에게 감기 걸린다고 소리치지 않았다. “내 지영이가 이거 쓸랑가?” 중학교 다니는 아랫집 고모들이 쓰는, 테두리가 까맣고 줄이 많은 공책을 난데없이 보여주었다.

두 살 터울 언니의 가방을 자주 열어본 나는 이미 고학년이 갖고 다니는 일기장을 쓰고 있었다. 하루도 안 빼먹고 쓴다며 엄마한테 칭찬받는 것도 좋았지만, 친구 해정이랑 놀았던 이야기를 써서 밤에 다시 읽는 게 재미있었다. 4학년 봄부터는 엄마가 준 중학생 공책에 두세 장씩 글을 썼다. 뜀틀 넘기나 주전자 그리기처럼 너무 하기 싫거나 어렵지 않아서 좋았다.

글쓰기는 주산 학원처럼 급수 시험을 볼 필요가 없었다. 쓰다 보면 저절로 업그레이드되었다. 뭔가 굉장하고 신나는 사건만 쓰려던 고집은 어느 순간 꺾였다. 짜증 나는 일, 오해받은 일, 안 먹고 남겨놓은 '보름달' 빵을 주고 싶은 동생에 대해서도 썼다. 초등학교 6학년 때는 산울림의 노래 「청춘」을 반복해서 듣고 나서 쓴 글을 친구들한테 보여줬다. 옆 반에서는 강변가요제 대상 곡이 유행인데, 우리 반 친구들은 어깨를 늘어뜨리면서 '언젠간 가겠지, 푸르른 이 청춘'을 한숨 쉬듯이 불렀다.

조지 오웰은 『나는 왜 쓰는가』에서 글 쓰는 동기를 네 가지로 나눴다. 순전한 이기심, 미학적 열정, 역사적 충동, 정치적 목적. 나는 아기 엄마가 되고 나서도 순전한 이기심에 해당하는 글을 썼다. '똑똑해 보이고 싶은, 사람들의 이야깃거리가 되고 싶은' 욕망이 앞섰다. 나는 왜 써야 하는지, 독자들이 왜 내 이야기를 읽어야 하는지 파고들지 않았다. 아이 재우고 나면, 틈틈이 써온 글을 읽는 게 재미있었다. 창작의 고통을 겪을까 봐 간간이 들어오는 원고 청탁을 거절하고서 내키는 글만 썼다.

사적인 글쓰기의 문을 열게 한 건 감자였다. 타인의 삶과 연결된 세계의 계단을 한 발짝씩 오르게 된 건 정말로 감자 때문이었다. 꽃샘추위를 한두 번 된통 당하는 3월에, 겨우내 얼어붙었던 땅을 일구고, 고랑을 만들어 씨감자를 심고, 풀이 무성하게 자라지 않도록 비닐을 씌워 새순이 올라오면 비닐을 터주고, 잡초를 뽑아주며 100일 되기 전에 수확한다는 하지감자.

남편이 말했다. 우리 동네 행정복지센터의 20년 차 사회복지사가 휴경지를 무료로 임대받아 심은 감자를 며칠 후에 캔다고. 감자 판매한 돈으로 배추와 무를 심고 양념을 사서 겨울에는 독거노인과 장애인들에게 김장 김치 담가주는 일을 알리고 싶다고. 결혼하고 줄곧 식구들 밥을 차려온 남편, 그 사랑과 우정에 보답하기 위해서 나는 감자 심은 사람을 만나 글을 써야 할 것 같았다.

자원봉사자 수십 명이 쪼그려 앉아서 감자를 캐고 있었다. 챙 넓은 모자를 쓰고, 작업용 조끼를 입고, 일(몸빼) 바지를 입은 이들 중에서 사전 인터뷰했던 20년 차 사회복지사를 찾는 일은 고난도의 숨은그림찾기였다. 호미 날이 감자에 닿지 않게 조심스럽게 호미질하는 사람들 얼굴을 일일이 확인할 수 없었다. 밭일을 방해하는 것 같아서 머뭇거렸다.

생각보다 알이 굵지 않은 감자는 목표 수확량에 한참 모자랐다. 시세마저 낮아서 새참으로 아이스크림을 먹는 사람들은 침울해 보였다. 사실 감자에는 원초적인 슬픔이 깃들어 있다. 원하지 않는 평가를 수시로 받게 하는 생김새, 밥 대신 먹고 컸다며 쳐다보기 싫어하는 혐오, 성질나고 약 오른다는 최대치의 표현을 하려고 주먹을 들어서 먹이던 것.

감자 캐는 사람들 이야기를 어떻게 쓸까. 처음으로 쓰는 타인의 이야기, 용기가 필요했다. 지나가는 사람인 나는 감자 이야기 속으로 완전히 들어갈 수 없었다. 화면 밖의 사람, 마치 「인간극장」 내레이터처럼 감자 캐는 사람들 이야기를 들려주듯 썼다. 지역 잡지에 실린 그 글은 도움을 주고 싶다는 사람과도 연결되었다. 여름에 수확한 감자는 다시 파종할 배추 씨앗과 양념으로 바뀌었고, 무사히 김장 김치가 되어 필요한 사람들 집에 전해졌다.

나는 왜 쓰지?

매체에 글을 쓰기 시작한 지 13년 만에 스스로에게 물었다. 줄곧 재미로 썼다. 귀찮고 괴로운 일이 아니라서 책을 읽어도, 여행을 다녀와도, 아기를 낳아도 글로 써서 나를 편집해 드러내는 게 재미있었다. 그런 나를 '쓰는 사람'으로 인식하고 받아들여준 타인들 덕분에 글쓰기의 장르는 점점 확장되고 있었다.

무엇을 쓰지?

드라마나 영화, 책은 거의 대도시 사람들 이야기를 한다. 어쩌다 우리가 살아가는 도시를 배경으로 한 영화가 상영되면, 소도시 사람들은 극장에서 관람 예절을 잊고 큰 소리로 '소곤댄다'. "우리 지난주에 저기 갔잖아.", "봐봐. 저기서 우리 짜장면 먹은 거 생각나지?" 시민들은 들인 시간과 돈을 아까워하지 않고 영화관 비매너에 너그럽기만 하다.

역사적 충동. 나는 조지 오웰의 '글 쓰는 동기' 세 번째에 해당하는 글쓰기에 발을 딛고 있었다. '사물을 있는 그대로 보고, 진실을 알아내고, 그것을 후세를 위해 보존해두려는 욕구를 말'하는 글쓰기. 도시 곳곳에 스민 역사, 태어난 고장에서 삶을 꾸려가는 사람들 이야기를 본격적으로 기록했다. 내가 쓴 글은 바깥으로 퍼졌고 어떤 사람들에게는 삶의 물꼬가 트인 것처럼 도움이 되었다.

> 글쓰기는 누구에게도 할 수 없는 말을 아무에게도 하지 않으면서 동시에 모두에게 하는 행위다.

리베카 솔닛의 『멀고도 가까운』에 나오는 문장이다. 힘든 일이 지나간 뒤 후유증을 앓던 나는 누구에게도 터놓을 수 없는 심정을 유머로 승화시켜 동화를 썼다. 내가 생각해본 적 없는 삶을 선택한 이들의 인터뷰 글을 썼고, 시간을 거슬러 올라가 구석기 시대부터 우리 도시의 현재까지 담은 인문지리서를 썼다. 여전히 가장 친근한 장르는 에세이다.

지금은 글쓰기의 재미만 바라볼 수 없는 전업 작가. 생계를 꾸리기 위해서 '스셀 작가'가 되겠다는 야망을 품고 있다. 하루 내내 노트북 앞에 매달려도 원고지 두세 장밖에 쓰지 못하는 날이 이어지면 작업실에 가지 않는다. 자신감을 되찾기 위해 글쓰기보다 더 잘하는 일을 한다. 안방과 두 아이 방의 침대 이불 홑청을 벗겨서 세탁기에 돌린다.

내가 좋아한다는 것, 하고 나면 몹시 뿌듯하다는 것이 글쓰기와 이불 빨래의 공통점이다. 그러나 두 가지 일의 뿌리는 닿지 않는다. 이불 빨래는 우리 식구 기분만 좋아지고 마는데, 글쓰기는 타인과 연결된다. 살아가는 일에 영향을 미치며 뜻밖의 장소로 데려간다. 나는 자신을 표현하려는 사람들을 서점에서 만났고 글쓰기 수업을 열었고 어떻게 작가가 됐느냐는 질문을 받았다.

재미있어서 혼자 오래 썼다. 내 작은 세계를 쓰면 쓸수록 공감해주는 독자들이 늘었다. 그토록 근사한 경험을 글쓰기 수업에서 전하려고 했다. 지루하고 힘들어도 글을 완성하고 환희를 만끽한 사람들 덕분에 이 책이 세상에 나왔다.

1장

왜 글쓰기 수업을 할까

책 세 권 펴내고
그만둔 글쓰기 수업

하루에 버스가 세 번 다니는 산골에서 자랐다. 여섯 살 먹기 전에 한글을 깨쳐서 촉망받는 인재가 되었다. 동네 사람들의 시선을 의식한 나는 같이 노는 미취학 친구들이 발가벗고 둠벙('웅덩이'의 방언)에 뛰어드는 한여름에도 팬티를 입고 놀았다. 본부를 짓고 나무를 타는 것만큼이나 토방이나 아랫목에 엎드려서 책 읽는 것을 좋아했다.

집에는 엄마가 할부로 들여놓은 동화책 전집과 나보다 두 살 많은 언니가 백일장에서 타 온 과학책 전집이 있었다. 닳도록 읽고 마음에 드는 문장을 공책에 옮겨 적고 나니 초등학교 4학년 봄방학이었다. 막내 고모랑 달래를 캐서 작은집에 간 날, 버리려고 묶어둔 삼촌의 교과서를 발견했다. 나는 볕 잘 드는 우리 집 토방에서 고등학교 국어책을 찬찬히 넘겼다.

최초의 원고 청탁은 고등학교 1학년 때 받았다. 친구들은 좋아하는 오빠한테 연애편지를 대신 써달라고 했다. 나는 오빠들 마음을 몰랑몰랑하게 만드는 글보다는 웃기는 게 더 좋았다. 당연히 성공률이 낮을 수밖에. 컵라면이나 떡볶이 1인분에 글을 팔던 시대는 너무나 빨리 막을 내렸다. 실의에 빠져서 읽은 책은 주로 하이틴로맨스와 당대의 베스트셀러였다.

국문학과에 입학했지만 공부를 못했다. 시 여러 편과 단편소설 한 편을 써보고 6년 만에 졸업하고 결혼했다. 수면 장애가 있는 우리 아기는 시 때 없이 울었다. 밥벌이하면서도 환청처럼 아기 우는 소리가 들렸다. 처음으로 사람의 전생에 대해 생각했다. 우리 아기는 전생에 독립운동가였을까. 일본놈들에게 잠 안 재우는 고문을 받다가 동지들의 은신처를 밝히고 만 걸까. 그게 한이 되어 잠 못 드는 걸까.

한밤중에도 그치지 않고 우는 아기 옆에서 대성통곡했다. 쪽잠밖에 잘 수 없는 나는 컴퓨터를 켜고 뭐라도 썼다. 마침 지역 신문에서 육아 글을 한 편씩 보내달라고 했다. 원고료는 상영중인 영화 제목이 찍힌 극장표 두 장. 홀가분한 마음으로 간 영화관에서 나는 아기 생각을 했다. 그 순간, 정전기 일어나듯 가슴이 찌르르했다. 불어난 계곡물처럼 흘러나온 모유는 블라우스를 적셔버렸다.

젖먹이 엄마가 극장에 가는 건 사치스러운 행동이었다. 집에서 아기를 옆에 끼고 할 수 있는 일은 독서와 글쓰기였다. 컴퓨터를 켜고 깜빡이는 커서를 지켜보고 있으면 아기는 유난히 보챘다. 나는 칭얼거리는 아기를 업고서 컴퓨터에 연결한 DDR 펌프게임을 했다. 까르르르. 세상에 온 지 1년도 안 된 아기는 신이 나서 웃었다. 내 다리는 '어쩔 수 없이' 현란하게 움직였다.

아이들과 글쓰기 수업을 하는 게 줄곧 내 밥벌이였다. 봄이 올락 말락 할 때 쪼그려 앉아서 발밑의 개불알꽃을 찾아보고 글을 썼다. 여름에는 땀을 흠뻑 흘리고 나서 그늘에 들어갔을 때의 느낌을 썼다. 가을에는 나무 열매의 촉감과 생김새에 대해 썼다. 겨울에는 칼바람 속에서 코를 훌쩍이며 걸어보고 썼다. 아이들 자신과 식구들, 친구들에 대해서도 썼다. 책 읽고 나서 주고받은 이야기도 글로 썼다. 기쁘고 슬프고 으스대고 싶었던 순간들을 짚어보고 왜 그런지 써봤다.

재미있게 밥벌이를 하는 동안 시대가 달라졌다. 글쓰기 수업도 학교 성적을 뒷받침해줘야 사람들에게 인정받았다. 스스로 원해서 글을 쓰러 오는 아이들은 점점 드물어졌다. 이름난 대학에 가기 위해서 영어나 수학처럼 '논술'이 필요한 학생들. 호기심 없는 아이들의 눈빛을 하루 내내 보고 나면 진이 빠졌다. 저녁밥도 먹기 싫을 지경이었다.

'언제까지 이 일을 할 것인가? 그만두면 무슨 일을 해서 먹고살까?'

나는 책을 읽다가도, 운전하며 가다가도 혼잣말을 했다. 오래된 우리 집 냉장고 소리처럼 들려서 너무 신경 쓰였다. 밥벌이 바깥에서 활력을 얻기 위해 돌아다녔다. 아이를 안고 무거운 가방을 끌고 도착한 다른 나라에서 기껏 하는 일이 카페에 앉아 있는 거였다. 빌린 자전거를 타고서 다시 올 일 없는 도시를 천천히 구경하기도 했다.

'우리 동네에도 카페가 있고, 자전거 탈 수 있는 공원이 있는데, 왜 돈 들여 멀리 와서 이러고 있을까?' 노천카페에서 맥주를 마시다가 의문을 품었고 까먹을까 봐 수첩에 기록했다. 집으로 돌아가서 긴 글을 쓰고 싶었다. 그날 밤 호텔에서 읽은 『데미안』의 문장은 특별하게 다가왔다.

> 나의 이야기를 하기 위해서는 먼 옛일부터 시작해야만 한다. 가능하다면 훨씬 더 과거로 거슬러 올라가서 내 어린 시절의 시작은 물론, 훨씬 더 이전의 먼 조상 일까지 거슬러 올라가지 않으면

안 된다.

혼자 하는 일이니까 결정도 스스로 내렸다. 나는 차근차근 밥벌이 시간을 줄여가면서 글을 썼다. 아무 소용없을 것 같은 일들을 쓰는 게 재미있었다. 1년 동안 아기한테 젖 먹이고 나서 갔던 지리산, 급똥 싼 아기를 씻기고 재우던 날 밤에 쏟아진 눈물, 어린 자식을 이승에 두고 저승으로 떠날 수 없어서 귀신이 되었다는 조상들의 한에 대하여 썼다. 열흘에 걸쳐서 짧은 글 한 편을 써도 시간이 아깝지 않았다.

장차 나이키 운동화와 신상 셔츠와 골드 액세서리를 좋아하게 될 당신의 아들을 단 한 번도 만나지 못한 사람, 스물두 살에 빨갱이로 몰려서 집단 학살당한 우리 할아버지 배희근 씨 이야기도 썼다. 할아버지의 그림자조차 본 적 없는 아빠를 이해할 수 있었다. 딸 결혼식에 당신이 무슨 옷을 입고 어떤 구두를 신을지부터 고민했던 아빠한테 조금씩 다정해졌다.

내 속에서 잠자코 숨죽이고 있던 감정들은 글 쓰는 나를 따라서 생물처럼 움직였다. 나는 부지런히 욕망과 생각을 좇으며 기록했다. 책을 읽든, 친구를 만나든, 여행을 가든, 그때마다 보고 듣고 느꼈던 것들을 써서 「오마이뉴스」에 보냈다. 실체가 느껴지지 않는, 온라인으로 만난 사람들과 교감할 수 있다는 게 신기했다.

시아버지가 들려준 이야기는 녹음하거나 받아 적었다. 학교에서 배운 역사의 현장이 우리 아이들을 낳고 기르는 이 도시에 있다는 사실을 귀하게 여겼다. 신산한 세월을 헤쳐온 사람들을 더 알고 싶어서 고장에 대한 책과 자료를 찾아 읽었다. 어느새 나는 자기 역사를 만들어가는, 소도시 사람들의 이야기를 쓰는 사람이 되어 있었다.

운이 좋았다. '브런치북 대상'을 받고 첫 책을 펴낸 뒤로 매년 출판계약서를 썼다. 내가 쓴 책 『우리, 독립청춘』, 『소년의 레시피』, 『서울을 떠나는 삶을 권하다』는 우리 동네 서점에서 늘 베스트셀러 매대에 누워 있었다. 자동차로 2~3시간 가야 나오는 중고등학교나 도서관에서 강연 요청이 들어왔다. 그래도 인세와 강연비는 1년에 천만 원이 안 됐다.

여전히 학생들과 글쓰기 수업을 하는 게 주된 밥벌이였다. 『검정새 연못의 마녀』, 『줄무늬 파자마를 입은 소년』, 『두 도시 이야기』나 『박씨부인전』, 『허생전』, 『최척전』 같은 작품을 제대로 이해하기 위해 시간을 들이기로 했다. 학생들은 한국사와 세계사 책을 읽으며 각자 가지고 있던 역사의 퍼즐 조각을 큰 그림으로 맞춰나갔다.

몇 년째 일주일에 한 번씩 만나서 책을 읽고 글을 써왔던 학생 중 몇은 냉기를 뿜으며 나를 봤다. 국어나 사회, 역사 시험에서 한두 개 틀린 게 내 탓이라고 했다. 학부모들은 야밤에 전화해서 왜 꼼꼼하게 짚어주지 않았느냐고 물었다. 아이가 원하는 고등학교에 원서를 못 쓰면 어떡할 거냐고 낮은 목소리로 물었다. 따지는 게 분명했다.

내가 하는 글쓰기 수업의 목표는 처음부터 재미였다. 여러 가지 놀이를 해본 뒤에 글을 썼다. 나중에는 아이들 스스로 자기 생각과 생활을 쓰게 하고 싶었다. 학부모들은 글쓰기 수업에 만화 「도라에몽」에 나오는 '암기빵' 같은 기능을 요구했다. 바라보는 데가 서로 다르면 오해와 틈이 생긴다. 남아 있는 길은 하나, 결별뿐이었다.

천천히 결심할 시간은 없었다. 아들 둘 키우면서 생활하고 여행 가게 해준 고마운 일이었지만 언젠가는 그만두려고 했던 글쓰기 수업. '나는 인생의 어느 계절에 와 있을까?'를 먼저 생각했다. 가을쯤에 서 있는 것 같았다. 언 땅을 뚫고 올라오는 봄의 새싹이 될 수도 없고, 늦봄에 파종해서 쑥쑥 자라는 옥수수가 될 수도 없었다. 한낮에는 뜨겁고 아침저녁으로는 선들바람 불 때 심어서 수확하는 김장 배추라도 될 수 있다면 기쁠 것 같았다.

달마다 나가는 생활비와 아이들 앞으로 필요한 저축을 따져봤다. 계산할수록 복잡해서 그냥 예금 중 일부를 헐었다. 실직 1, 2, 3이라고 이름 붙인 통장 세 개를 만들었더니 공돈이 생긴 것처럼 좋았다. 그걸 붙들고 글을 쓰기로 했다. 무언가를 이루지 못하더라도 돈 받고 글쓰기 수업하는 세계로는 절대 돌아가지 않겠다고 다짐했다. 나는 건너갈 다리를 불사르는 사람처럼 20여 년간 했던 글쓰기 책과 자료들을 정리하고 있었다. 그때, 우리 동네 서점 대표님이 말했다.

"지영, 서점 상주작가 한번 해볼래? 월급 나와. 4대 보험도 되고."

'귀인'이 되느냐 마느냐,
그것이 문제로다

갑자기? 서점에서 상주하는 작가를 한다고?

공양미 300석을 고민하는 심청이 앞에 나타난 청나라 상인처럼, 구멍 난 항아리에 물을 길어 나르는 콩쥐에게 등을 내준 두꺼비처럼, 다리 고쳐줬다고 흥부네 식구들에게 박씨를 물어다 준 제비처럼, 옛날 소설 같은 우연이 나한테 일어났다. 개연성이 떨어지는 이 이야기를 살리기 위해 스무 살 때로 돌아가야겠다.

대학교 1학년 때 이 도시에 와서 가장 자주 간 곳은 서점. 스마트폰이 없던 1990년대였다. 초등학생들은 방과 후에 우르르 몰려다니며 놀거나 서점으로 와서 책을 읽었다. 청소년들이 주고받는 연애편지에도 시 한두 편은 들어갔고, 소개팅하는 젊은 이들은 책을 옆구리에 끼거나 가슴에 안고 나갔다. 직장인들도 퇴근 후에 일단 서점에서 만나 극장이나 식당으로 갔다.

그러나 서점은 시나브로 사라졌다. 학교를 졸업하고 결혼하고 워킹맘이 된 나는 아파트 분리수거장에서 인터넷서점의 택배 상자를 보면 가끔 투덜거렸다. "우리 동네에도 서점 있잖아요." 우리 도시에 기록적인 폭우가 쏟아져서 아파트 단지의 전기가 끊겼던 2012년 여름, 남편은 10만 권의 책과 물에 잠긴 동네서점을 도우러 갔다. 큰애는 머리에서 김이 날 만큼 뜨거운 날에도 주문한 만화책을 찾으러 서점에 갔다. 우리 식구들이 항상 동네 서점을 사랑해온 점, 그게 나를 상주작가로 만들기 위한 복선이었을까.

"지구 역사상 처음 하는 사업. 어디로 갈지 누가 알겠습니까? 어떤 것이든 해도 됩니다. 창의적이고 매력적인 사업을 하세요."

'작가와 함께하는 작은 서점 지원 사업' 연수에서 한창훈 소설가는 말했다. 상주작가는 문학 프로그램을 기획하고 작가와 독자가 만나는 자리를 만들어야 했다. 작가 강연회를 여는 건 기본이었다. 그렇다면, 독자들이 원하는 작가를 섭외하기 위해 상주작가는 먼저 무엇을 해야 할까? 집에서 혼자 일해왔던 나는 매일 출근하는 연습부터 했다.

앉아서 노트북을 켜니 바로 할 일이 생겼다. 전교생이 일곱 명인 섬 학교 어린이들이 견학오겠다고 했다. 우리 도시에서 가장 큰 서점이니까. 그 섬은 항구에서 2시간 40분 동안 배를 타고 가야 닿았다. 여객선 운행은 1일 1회 편도, 섬에서 나오면 다음 날 들어갈 수밖에 없었다. 최소 하룻밤은 육지에서 묵어야 했다. 날씨가 도와주지 않는다면 도시에서 사나흘 머문다는 각오를 하고 온 것이다.

선생님은 섬 밖에서 할 일을 알차게 짰다. 첫 번째는 도심의 이름난 뷔페에 가는 것. 아이들은 집에서 자주 먹을 수 없는 케이크, 스테이크, 피자, 파스타 등을 먼저 접시에 담았다. 배가 부른 뒤에 다른 음식을 조금씩 맛봤다. 뷔페 안에 마련된 어린이 오락실에서 게임을 하고 놀이터에서 뛰어놀고 나서 다시 갈비와 음료수를 먹었다.

두 번째는 서점 방문. 아이들은 학교 도서관보다 책이 많은 서가에서 헤매지 않고 캐릭터 만화책 매대로 몰려들었다. 섬 학교 선생님은 정확하게 말했다. “책은 이따 사줄 거야. 작가와의 만남 먼저 하고!” 마음을 만화책 매대에 두고 온 아이들은 세 걸음쯤 떨어진 자리에서 사진 찍는 선생님을 의식하는 것 같았다.

태어나 처음 만나는 작가한테 질문을 했다.

"그런데요, 어떤 책 썼어요?"

키가 작고 아기 얼굴이 많이 남아 있는 어린이가 물었다. 초등학생 독자에게 처음 질문을 받은 나는 조금 버벅거렸다.

"음, 그러니까 처음에는 너무 두꺼운 책을 썼어요. 400쪽이에요. 두 번째 책은 여러분도 읽을 수 있을 거예요. 예쁜 그림이 들어 있거든요. 고등학교 다니는 형아가 저녁밥 차린 이야기예요. 세 번째 책은…."

아이들은 책을 읽지 않고도 내용을 간파하는 초능력자들이었다. "힝, 지루해요."라는 말을 눈빛으로 건넸다. 점심을 잘 먹고 뛰어놀다 왔으니 졸릴 시간이기도 했다. 나는 어떤 얘기를 주고받아야 아이들 얼굴에 생기가 도는지 조금은 알고 있었다. 뷔페에서 먹은 가장 맛있는 음식, 처음 본 음식, 부모님 갖다주고 싶은 음식 등을 물어봤다. 한 명도 빠짐없이 말했다. 고학년 아이들은 악을 쓰면서 대답했다.

"우리 아까 얘기한 거 글로 써볼까요?"

나는 먹이를 낚아채는 매처럼 잽싸게 끼어들었다. 아이들의 목소리 데시벨은 바로 낮아졌다. 저희끼리만 알아들을 수 있게 웅얼웅얼 말했다. 온 신경을 곤두세워 해석해봤다. 글 못 써요, 손가락 아파서 연필 못 잡아요, 이럴 줄 알았으면 서점 안 왔어요, 물 마시고 싶어요, 오줌 마려워요, 같은 뜻이었다.

나는 '주먹만 한 내 똥'이라는 글을 읽어줬다. 굵은 똥을 누고 나서 어기적어기적 걷는 형아의 모습이 잘 그려지는 이야기였다. 아이들은 "윽, 더러워."라고 하면서도 집중해서 듣고 웃음 포인트에서 다들 빵 터졌다. 글을 쓸 수 있는 분위기를 만들기 위해 내쳐서 하이타니 겐지로의 소설 『나는 선생님이 좋아요』에 나오는 부분을 읽어주었다.

> 아침 7시에 일어났습니다. 날마다 운동회 연습을 하고 있습니다. 오늘은 어머니를 따라 시장에 갔습니다. 아버지가 8시 30분에 돌아오셨습니다. 텔레비전을 보고 잤습니다.

> 나는 학교에서 돌아오다가 공사장에서 불도저가 움직이는 것을 구경했습니다. 불도저에 치이면 호떡처럼 납작해지겠지, 하고 생각했습니다. 불도저가 멈추었을 때 발을 도로에 대어보니 뜨거웠습니다. 나는 왜 뜨거울까 생각했습니다. 전깃줄도 달려 있지 않은데, 참 이상했습니다.

일곱 명의 아이들 중 다섯 명은 나중에 읽어준 글이 더 좋다고 했다. "왜 그럴까요?" 질문하면 흥미를 잃을 수도 있다. "답을 말해줄게요."라고 한 다음에 뜸 들이면서 아이들 한 명 한 명을 바라봤다. 알고 싶어 하는 눈빛이었다. 거기서 더 시간을 끌면 빨리 알려주지 않는다고 삐치는 아이가 나온다. 누군가가 "나, 안 들어!"라고 훅 치고 나오기 전에 다정하게 말했다.

"나도 두 번째 글이 더 좋아요. 글 속에는 한 것, 본 것, 느낀 것, 생각한 것, 말한 것, 들은 것 등이 있어요. 이 중에서 나쁜 놈은 '한 것'이에요. 나는 오늘 배를 타고 도시에 왔다, 뷔페에 가서 음식을 먹었다, 서점에 왔다, 이렇게 쓰면 다 '한 일'이고 나쁜 놈이에요. 그런데 나쁜 놈은 꼭 필요해서 쓰긴 써야 해요. 「도라에몽」에서도 노진구 괴롭히는 퉁퉁이가 나와야 재밌잖아요."

저학년 아이들은 아리송한 표정이었다. 3학년쯤으로 보이는 아이 한 명이 내가 원하는 질문을 했다.

"그럼 착한 놈은 뭐예요?"

"아까 뷔페에서 친구가 음식 뺏어 먹을 때 뭐라고 했어요? 그 말을 쓰면 좋은 놈이에요. 뷔페에서 본 특이한 음식의 색깔이나 모양도 쓰고요. 먹으면서 서로 주고받은 말이나 생각한 것을 진짜로 써볼까요?"

글 쓰겠다는 의지를 가진 아이들은 "몇 줄 써요?"라고 물었다. 아직 한글을 다 모른다는 아이는 그림을 그리고 싶다고 했다. 짧게 써도 되고, 그림을 그려도 된다고 하자 아이들은 고개를 숙이고 A4 용지 위에 뭔가를 채워나갔다. 몰입하는 시간은 짧았다. 끝내 못 쓴 아이들은 빨리 마치자고 하고, 자부심이 깃든 표정을 한 아이들은 자신이 집필한 작품을 나한테 쓱 내밀었다.

출퇴근하면서 염두에 둔 것 중 하나는 공과 사의 구분. 30여 년간 다닌 단골서점이고, 학교 선배이기도 한 대표님과 친하다고 해도, 안 되는 것은 정확하게 표현하자고 마음먹었다. 그런데 전교생 열한 명인 초등학교에서 하필 내가 쉬는 날에 견학을 온다고 했다. 우리 도시 외곽에는 전교생이 스무 명도 안 되는 작은 학교들이 있고, 날 잡아서 서점을 방문한다. 상주작가로서 도저히 모른 척할 수가 없었다. 나는 아예 빔프로젝터로 보여주기 위해 글쓰기 수업을 PPT로 만들었다.

어느 날, 출근했더니 서점 직원이 나보고 전화를 받으라고 했다. 수화기 너머로 들리는 목소리는 너무나 정중했다.

"저기요, 작가 선생님. 여쭤보고 싶은 게 있습니다."

"네, 말씀하세요."

"제가 책 사러 갔다가 봤거든요. 죄송하지만, 어른들한테도 글쓰기 가르쳐주나요?"

그런 생각은 해본 적 없었다. 그런데 나는 뭐에 홀린 사람처럼 "생각해볼게요."라고 했다. 상주작가가 된 지 열흘도 안 되어

1회짜리 글쓰기 강연을 했다. 글 속에 사는 '나쁜 놈' 이야기를 했을 뿐인데도 사람들의 눈빛이 반짝거렸다. 글을 쓰고 싶다는, 언젠가 자기 책을 쓰고 싶다는 사람들에게 나는 옛날 소설에 나오는 '귀인'이었다. 우연히 나타나서 주인공이 잘될 때까지 도와주는 사람이 되려면 글쓰기 수업을 열어야만 하는데….

귀인이 되느냐 마느냐, 그것이 문제였다.

서점에 놓은
글쓰기 수업이라는 다리

뒷집의 과수원 돌담이 칼로 도려낸 것처럼 송두리째 무너져 있었고 그 주위에서 노란 비옷을 입은 사람들이 저마다 뭐라고 소리치고 있었다. 아무리 폭풍우라도 돌담이 그렇게 쉽게 무너지다니 믿기 어려웠다.

마흔 살의 하루키는 그리스 스펫체스섬에서 겪은 폭풍우 이야기를 『먼 북소리』에 썼다. 간사이 지방에서 자라 태풍에 대해 잘 안다고 생각한 하루키는 한바탕 비바람이 지나간 뒤에 '돌을 쌓아 올리고 그 사이사이에 진흙을 발라서 고정시킨 후 두껍게 회칠한 담을 쌓는' 허술한 방식에 의문을 품었다. 하루키가 섬을 떠나는 날, 그리스인들은 거센 빗줄기를 견디지 못해 무너진 돌담을 쌓아 올렸다. 이전과 똑같이.

그리스인도 아닌데, 우리 아빠 엄마는 매년 여름이면 새로 다리를 놓았다. 우리 집의 울타리는 대나무가 대신했다. 마당을 감싼 울창한 대나무는 왼쪽 끝의 변소부터 오른쪽 끝의 헛간까지 뻗어 있었다. 대숲 너머에는 너비 3m쯤 되는 냇가가 있었다. 시냇물은 얼음장 밑으로도 씩씩하게 흘렀다. 우리 자매들은 감꽃 필 무렵부터 냇가로 내려가 세수하고 이를 닦았다. 여름에는 조심스럽게 돌을 들어 올려서 가재를 잡기도 했다. 학교 가기 위해 신작로로 나가거나 친구 해정이네 집에 놀러 가려면 냇가 위 다리를 건너야 했다.

홍수 지면 냇가의 거센 물살에 튕겨 날아온 물고기가 우리 집 마당에서 숨을 할딱거렸다. 불어난 시냇물은 수박이나 참외, 가끔은 돼지까지 휩쓸고 지나갔다. 엄마 아빠는 물꼬를 트러 논에 가고 없고, 우리 자매들은 토방에 앉아서 무엇이든 집어삼키는 물이 마당까지 밀려올까 봐 걱정했다. 그런 일이 일어나기 전에 하늘이 먼저 높고 파래졌다. 나는 질퍽이는 마당을 지나서 냇가로 갔다. 통나무 다리는 흔적도 없이 사라져버려서 동네와 200m쯤 떨어져 있는 우리 집은 뒤로 이어진 산길을 넘어가야 신작로에 닿았다.

마을 사람들은 날뛰던 냇가의 물살이 완전히 순해지고 나서 우리 집으로 왔다. 이웃을 돕는 울력이 존재하던 1980년대였다. 아저씨들은 길게 잘라 온 통나무를 냇가 이쪽과 저쪽에 걸쳤다. 그 위에 뗏장을 올리고 지게로 퍼 온 흙을 깔아서 다졌다. 그게 다리 놓는 작업의 전부였다. 엄마와 동네 아주머니들은 마당에 멍석을 깔았다. 가마솥에 팔팔 끓인 팥죽을 큰 대접에 담아서 상을 차렸다. 동네 아이들은 혓바닥 덴다는 핑계를 대고서 우리 집 안방의 텔레비전 앞에 모여 「타잔」을 봤다.

나는 상주작가로 일하기 전부터 '글쓰기 수업'이라는 다리를 해체하고 있었다. 안 가본 길로 나아가겠다고 다짐하고는 글 쓰고 책 읽으며 독자를 만났다. 그러나 내 마음속에는 '시골에서 보고 자란 것'들이 사라지지 않았다. 영상 지원이 되는 듯 눈에 환했다. 끊어진 다리는 얼마든지 새로 놓을 수 있다는 것을 알고 있었다.

그리스 스펫체스섬의 담장처럼, 우리 엄마 아빠가 놓은 통나무 다리처럼, 글쓰기 수업을 이전과 같은 방식으로는 하고 싶지 않았다. 일부러 불사른 다리니까 새롭게 하고 싶었다. 내가 견디지 못한 것은 사람들의 태도였다. 수업료를 지불한다는 이유로 글쓰기 바깥에 있는 학교 시험까지 떠맡기는 건 지나치게 무례하다고 생각했으니까.

상주작가는 글쓰기 수업을 하든 안 하든 월급을 받는다. 가르치는 사람과 배우는 사람 사이에 돈이 오가지 않아도 된다는 게 매력적이었다. 글쓰기 수업을 다시 시작한다면, 나부터 재미를 느끼고 싶었다. 스스로 원해서 오는 사람들의 경쾌한 발걸음 소리를 듣고 싶었다. 호기심으로 반짝거리는 눈빛을 보고 싶었다. 긴 시간 쌓아온 독서 내공, 재치 있는 드립, 분위기를 띄워주는 삼행시 실력 같은 건 고려 사항이 아니었다.

글쓰기는 말이나 글로 배우는 게 아니다. 자전거 타기나 아이돌 댄스처럼 몸으로 익혀야 한다. 수련하듯 일정한 주기로 글쓰기 숙제를 해야 한다. 그리고 중요한 건 무결석. 이 두 가지를 지킬 수 있는 사람 딱 열 명만 모집한다고 SNS에 올렸다. 몇 시간 만에 열한 명이 댓글을 달았다. 낯익은 이름은 아예 없었다.

말을 잘하지 못하니까 글로 속상한 일을 풀고 싶고, 남의 글을 필사하다가 내 이야기를 쓰고 싶고, 내 말을 들어줄 사람이 없으니까 글로 표현하고 싶고, SNS에 올린 글에 '좋아요'를 많이 받고 싶고, 직장이나 집에서 일어나는 일을 기록하고 싶은 사람들이 글쓰기 수업을 신청했다. '친구 따라 강남 간다.'는 속담처럼 재미있을 것 같아서 따라온 이도 있었다.

나는 단체 메시지방을 만들었다. 2주에 한 편씩 글을 올리는 건 필수, 다른 사람의 글을 읽고 짧게라도 댓글을 쓰라고 부탁했다. 곰도 백일 동안 마늘과 쑥을 먹으면 사람이 되고, 글쓰기를 시작한 사람들도 4개월쯤 뒤에는 실력이 확 좋아질 거라고 장담했다. 단, 숙제와 무결석을 지킨다면. 다른 사람의 글과 내 글을 비교하지 않고 계속 쓴다면.

"직장 다니면서 애들 키우느라 책도 잘 읽지 않은 초보입니다. 제가 에세이 모임에 참석해도 될지 걱정이 앞서네요."

"일기만 가끔 써봤는데, 두근거립니다."

"저는 초등학교 일기 이후로 글을 써본 적 없습니다."

이제 막 글쓰기라는 세계에 발을 디딘 이들은 솔직하게 고백을 이어갔다. 그때 내 역할은 어두컴컴한 통로 끝에 있는, 글쓰기로 이어진 세상의 문을 인식하게 하는 것. 스스로 열고 나가게 하는 것. '이 정도 글은 나도 쓸 수 있겠네.'라고 마음먹게 해줘야 했다. 오래전에 쓴 '우리 엄마 소원 들어준 절집'이라는 글을 단체 메시지방에 올렸다.

초등학교 때 소풍 갔던 절집에 부모님과 오래간만에 다녀온 이야기였다. 글을 읽은 사람들에게 각자의 보물찾기, 장기자랑, 젊었던 부모님의 얼굴이 떠오르냐고 물었다. 좋은 드라마나 영화를 보고 나면 누군가를 붙잡고 이야기하고 싶어지는 것처럼 글도 비슷하다고 말해줬다. 내 이야기를 하게 만드는 글은 좋은 거라고, 우리도 그렇게 해보자면서 숙제를 냈다.

“나를 드러내는 것은 에세이의 기본입니다. A4 용지 절반 이상의 분량으로 자유롭게 쓰세요. 좋은 에세이를 읽으면 글 쓴 사람이 궁금해져요. 『망작들—당신의 작품을 출간할 수 없는 이유』라는 책은 편집자가 원고 투고한 사람에게 반려 메일을 보내는 내용이에요. 세계 문학사의 위대한 작가들도 거절을 당했거든요. 편집자는 『성경』 원고를 쓴 하느님한테도 충고합니다. ‘자세하게 쓰고, 곁가지 이야기도 좀 하고, 당신 자신을 드러내세요’라고요.”

세상에 온 지 백일 안 된 아기들도 존재감을 드러낸다. 배고프다고, 기저귀가 젖었다고, 안겨 있고 싶다고 운다. 주 양육자가 말 못 하는 아기에게 눈을 맞추고 “오구오구. 우리 예쁜 아기, 할 말 있다고 불렀쪄요?” 교감해주면, 마법을 보여준다. 기를 쓰고 칭얼거리던 아기는 주변 사람들의 근심 걱정까지 녹여버리는 세상 행복한 웃음소리를 들려준다.

사람은 본능적으로 자기를 표현하고 싶어 한다. 외로울 때, 기쁠 때, 무언가를 이루었을 때, 속상했을 때, 다른 사람들이 나를 알아주기 바란다. 마음속 깊은 곳에 저장해두는 사람도 있고, 적극적으로 사진을 찍고 메시지를 보내고 SNS에 자신의 성취를 보여주는 사람도 있다. 글쓰기를 시작하겠다는 사람들은 자신과 자신을 이루고 있는 세계를 진지하게 들여다보겠다는 사람들이었다.

할 말이 너무너무 많은 육아, 아들을 낳지 못하고 딸 일곱을 키운 친정어머니, 당신 생일 선물로 며느리들에게 '빤스'를 점지해준 뒤에 품평하는 시어머니, 마흔 넘어 다시 들어간 직장, 해외 봉사하러 간 몽골에서 생각난 유년 시절, 일터에서 계약직이라 겪는 막막함, 아침부터 그릇을 깨서 운수 나쁜 날이라고 생각했는데 당첨된 아파트 청약, 출근길에 영화 팟캐스트 들으면서 생각한 이야기들이 단체 메시지방에 올라왔다.

몇몇은 정말로 글을 써본 적 없는 게 분명했다. 친구와 카페에 가서 신메뉴를 먹고 수다를 떨었다며 세 줄짜리 글을 보냈다. 마침표 없는 문장도 수두룩했다. 주어와 서술어는 호응하지 않았다. 문장이 끝날 때마다 줄 바꿔 쓰기를 했다. 딸아이와 노래 불렀다는 글에는 16분음표를 넣었다. 문장을 깔끔하게 끝내지 않고 말줄임표를 남발했다. 웃었다는 문장에는 정성스럽게 '^^'를 덧붙였다.

고수들은 어디에나 있다. 정체를 드러내지 않고 지켜보다가 마감 하루 전에, 지나치기 쉬운 일상의 작은 일을 길어 올려서 다정하고 유머가 있는 글을 보냈다. '이렇게 잘 쓰면서 뭐 하러 글쓰기 수업에 오는 걸까?' 초심자들의 의지는 꺾이고 단체 메시지방은 침묵에 휩싸였다. 그 고요함을 깨고 아직 숙제를 올리지 못한, 정말로 십수 년 만에 글을 써보는 사람이 "첫날부터 글을 꼭 써 가야만 하나요?"라고 물었다.

나는 글쓰기 수업이라는 다리를 다시 놓았다. '나도 글을 쓸 수 있을까?' 망설이는 사람을 무사히 건너게 해야 한다. 힘들다고 하면, 앉아서 먼 곳을 바라볼 수 있는 아름답고 안전한 다리가 되어주어야 한다. 어차피 숙련공이 존재할 수 없는 글쓰기의 세계, 재미를 붙이면 어떻게든 나아간다. 가혹하게 요구할 필요가 없었다.

"부담 갖지 마세요. 진짜로 일기 써 오셔도 됩니다."

실시간으로 답글이 올라왔다.

"진짜요? 안심됩니다! 조금 자신감이 생기는 거 같아요!"

서서히 드러나는 욕망과 야망

"지영아, 아무개 씨 알지?"

쓸데없이 만나서 맥락 없는 말을 주고받는 친구가 전화로 물었다.

"어. 왜?"

"그 사람이 너랑 친하다고 하더라."

"이유 없이 만나야 친한 거 아닌가…."

"하여튼 그런 줄 알고 있어."

감정은 주관적이다. 함께 밥을 먹고 차를 마시고 시간을 보내야 친밀함을 느끼는 사람이 있다. 처음 만나서 평범하게 인사를 주고받았을 뿐인데도 다음에 우연히 마주치면 어릴 때 같이 놀던 친구를 만난 것처럼 격하게 얼싸안는 사람도 있다. 정기적으로 만나지만, 끝내 데면데면한 단계를 뛰어넘지 못하기도 한다.

글쓰기 수업에 오는 사람들 사이에는 서먹서먹함의 벽이 얇고 낮았다. 단체 메시지방에서 숙제로 올린 글을 읽은 뒤에는 여행지에서 친절을 베풀어준 사람과 다시 마주친 것처럼 다정한 댓글을 달았다. "맞아요, 저도 그랬어요."라는 추임새를 넣고 "진짜 어떻게 이런 생각을 하셨어요?" 같은 질문을 하면서 벽을 허물고 있었다.

각자 다른 삶의 배경을 가진 사람들. 일찍 결혼해서 아기 아빠가 된 청년, 갓 제대하고 초등 교사 발령 대기 중인 청년, 코로나 시대에 대학에 다니는 학생, 아이들을 키우나 안 키우나 너무 바쁜 30대와 40대, 먹고사는 것 때문에 글 쓰겠다는 꿈을 한쪽에 밀쳐두고 살아온 50대와 60대, 마지막 삶을 기록하려는 70대가 글쓰기 수업 덕분에 한데 묶여 어우러졌다. 우리는 서로를 선생님이라고 불렀다.

자동차로 1시간 거리에서 오는 사람은 글쓰기 수업하는 날마다 직장에 2시간씩 휴가를 내고 왔다. 고3 수험생 아들이 있는 사람은 조금 일찍 퇴근해서(다음 날 연장 근무) 집에 들러 저녁밥을 챙겨주고 서점으로 왔다. 직장에서도, 집에서도 숙제로 올라온 글을 읽을 수 없는 사람은 스터디 카페에 들러 정독하고 왔다.

"선생님들, '오늘 글을 쓴 사람이 작가'라는 말이 있어요. 짧은 글이라도 공개해보세요. 작가에게는 '독자빨'이 최고예요. 서로서로 읽어주고 좋은 점을 얘기해주세요."

나는 일관되게 부탁했다. "봉합된 우정보다 드러난 적대가 낫다."는 니체의 말을 글쓰기 수업에 적용하지 않았다. 사람들을 비눗방울 날리는 아이처럼 대했다. 우연히 한 번 비눗방울을 불게 된 아이는 나를 봤다. 과하게 환호해줬다. 아이가 진짜로 비눗방울을 잘 불게 됐을 때는, 그네를 혼자 구르게 됐을 때는, 두발자전거를 타게 됐을 때는 내 칭찬을 구하지 않았다. 스스로 만족하며 앞으로 나아갔다.

글쓰기 수업은 평일 오후 7시 30분. 부모도, 학생도, 직장인도 아닌 자기 자신으로만 참여하는 시간. 사람들은 헐레벌떡 뛰어오지 않았다. 대체로 먼저 와서 기다렸다. 초등학교 일기 이후로 처음 쓴 글을 읽어준 동료들에게 마음을 열고 다가갔다. 직업이나 사는 동네를 말하지 않고, 자신을 무슨무슨 글 쓴 사람이라고 소개했다.

"아하!"

사람들은 머릿속으로 재빨리 글과 글쓴이를 연결 지었다.

처음 만났으면서도 꼬마 아이들처럼 스스럼없이 다가갔다. 그 신기한 경험을 같이 나누는 게 감격스러운지 선착순 열 명 안에 못 들까 봐 조마조마했다는 사실을 고백했다. 나도 실토할 수밖에 없었다. 글쓰기에 정답이 없는 것처럼 글쓰기 수업의 정원도 반드시 지키지는 않는다고. 적게는 열두 명, 많게는 열다섯 명이 시작한다고 말했다.

"작가가 직접 글쓰기를 가르쳐준대." 소문은 시민들의 친목 모임, 상점, 카페, 택시기사 사이에서 꾸준히 퍼졌다. 흘려듣기 딱 좋은 그 말은 간혹 어떤 이들의 가슴에 팍 꽂혔다. 일상을 흔드는 뜨거운 말이 되었다. 몇 날 며칠 지나도 가슴에 얹힌 열기를 식히지 못하는 사람은 여우에 홀린 것처럼 찾아왔다. 월 2회, 7개월 동안 하는 글쓰기 수업 중간에 합류한 이들도 있었다.

글쓰기는 육체 활동이다. 농구나 수영, 자전거 타기처럼 몸으로 익혀야 한다. 집이나 카페에서 첫 숙제를 하기 위해 호기롭게 노트북을 켰던 사람들은 5분도 안 돼서 절망한 경험을 공유했다. 한두 문장 쓰고 나면 더 쓸 게 없었다. 직장 일처럼 글 쓰다가 퇴근할 수도 없었고, 세탁기에 넣고 돌린 빨래처럼 정해진 시간에 끝나지도 않았다.

행복했던 순간을 끌어모아도 퍼즐 서너 조각뿐이고, 도저히 잊지 못할 만큼 속상했던 일을 꺼내어 보면 형체조차 뭉그러져 있었다. '글쓰기가 뭐라고 퇴근해서 쉬지도 못하나?' 사람들은 한탄하는 대신 몰두했다. 한 문단 쓰는 데 1시간이 걸리는 비효율을 몸으로 받아들였다. 길게는 2주일 동안 글 한 편에 질질 끌려다녔다.

"다 썼다!" 혼자 힘으로 마지막 문장을 완성하고 나면 온몸이 뻐근했다. 마음은 너무 뿌듯하고 행복했다. 너도나도 단체 메시지방에 글을 올리고 다른 사람들의 반응을 기다리느라 스마트폰에서 눈을 뗄 수가 없었다. 업무 중에도 1~2분 단위로 확인했다. 자신의 일부를 떼어내서 쓴 글에 호응하며 말 걸어줄 타인이 분명히 있을 것 같았다. 그 순간, '글 쓰는 사람은 관종'이라는 강원국 작가의 말을 완전하게 받아들였다.

나는 매번 첫 수업이 힘겨웠다. 사람들의 글을 읽고 첨삭을 하는 데 시간이 너무 많이 걸렸다. 꼬박 이틀을 바쳐도 해결이 안 되는 지난한 작업이었다. 주어와 서술어 사이의 거리는 너무 멀었고, 화자가 1인칭이던 글은 아무런 징후 없이 3인칭으로 바뀌어버렸다. 무슨 뜻인지 이해 안 되는 문장이 많아서 대여섯 번씩 읽은 뒤에 커다란 동그라미를 치고 물음표를 달았다. 사람들이 쓴 글에 내 손 글씨가 빽빽하게 덧대지기도 했다.

다행스럽게도 나는 좋은 점을 알아보는 눈을 갖고 있다. 우리 엄마는 눈이 작고 좁은 북방계 얼굴의 딸 머리를 아침마다 빗겨주며 감탄했다. "안 이쁜 구석이 없씨야. 먼(무슨) 애기가 요로코 뒤꼭지(뒤통수)까지 이쁘끄나." 먹성 좋은 동생 지현이 제사상에 올리려고 숨겨둔 과일을 광이나 부엌 시렁을 뒤져서 먹어 치우면, 엄마는 "으하하하! 내 시쨰가 또 찾아 먹었네이." 하고 웃었다.

숙제를 읽으며 나는 칭찬할 뭔가를 꼭 찾아냈다. 제목, 문장, 글의 소재, 글의 구성, 글의 분량, 세상을 대하는 다정한 시선에 밑줄을 긋고 별표를 했다. 처음에 사람들은 자신의 글에 덧입혀진 색색의 내 손 글씨를 보고 놀랐지만 이내 마음을 활짝 열었다. 내가 무슨 말을 하든 크게 웃어줬다.

"배지영 작가님이 아니었으면 글 쓰고 싶다는 생각만 하면서 평생을 살았을지 몰라요. 이렇게 진짜로 쓰게 될 줄은 꿈에도 생각 못 했어요."

하고 싶었던 일에 텀벙 뛰어든 사람들의 눈빛은 반짝였다. 그 속에서 나는 묘한 감동을 받으며 글쓰기 수업을 끌어갔다. 허덕일 때가 많은 일상에서도 작은 기쁨을 찾아낸 사람들은 저마다 이야기를 갖고 있었다. 특별한 사람들의 특별한 이야기 말고, 평범한 사람들의 작은 이야기에도 귀 기울이는 시대에 우리는 맞닿아 있었다.

"이미 첫눈이 내렸지만 저의 첫눈은 오늘이었네요. 오랜만에 가슴 두근거림을 느꼈어요. 매력적인 시간이었습니다."

첫 번째 수업을 마친 글쓰기 1기 그럼 님이 말했다.

"첫날이라 퇴근해서 글쓰기 수업 가는 길에서부터 집에 온 지금까지도 설레네요. 귀찮은 일은 저에게 많이 시켜주세요!"

역시 첫 번째 수업을 마친 글쓰기 5기 두리번 님이 말했다.

집으로 돌아간 사람들은 한밤중에 노트북을 켰다. 글을 고쳐서 단체 메시지방에 보내고는 몸속 어딘가 존재하고 있던 글쓰기 엔진에 시동이 걸렸다는 것을 깨달았다. 새로 시작한 블로그에 방문자 수가 늘기를 바라는 마음, SNS에서 '좋아요' 100개를 받고 싶은 마음 너머의 욕망과 직면했다. 글쓰기 수업을 받은 지 서너 달 지나면 입 밖으로 꺼냈다.

"내 이름으로 된 책을 펴내는 게 소원이에요."

그때쯤에는 사람들 글을 첨삭하는 데 들이는 시간도 하루면 충분했다. 누구도 일기 같은 글을 쓰지 않았다. 「오마이뉴스」에 글을 보내 원고료를 받고, 글쓰기 플랫폼 '브런치'에 작가 신청을 해서 더러 합격한 뒤였다. 그래서 나도 "여러분이 출판계약서를 쓰고 출간 작가 되는 걸 보고 싶어요."라는 야망을 밝힐 수 있었다.

어제보다 오늘
더 잘 쓰게 하는 시절 인연

"이놈의 새끼들아, 밥때 되믄 집에 좀 가야. 아조 시끄라서 못 살겄어!"

베옷을 입은 동네 할아버지가 쩌렁쩌렁하게 소리를 질러도 우리는 계속 옮겨 다니며 놀았다. 하도 오르내려서 조금은 반들반들해진 소나무를 기둥 삼아서 숨바꼭질을 하고, 끌로 새긴 것처럼 땅에 오징어를 움푹하게 그려놓고 육탄전을 벌였다. 중학교 다니는 누구네 언니나 오빠가 신발을 찍찍 끌고 나와서 뒷덜미를 잡아 끌고 가야 사위가 어두워진 것을 알았다.

고등학생 때는 너무너무 잘 통하는 친구랑 학교에 같이 가고 싶어서 오전 6시 40분 버스를 탔다. 히터를 세게 틀어 답답

한 버스 안에서 우리는 이름을 안 밝히고 연애편지를 보낸 남자애의 정체에 대해서 연구했다. 스무 살 넘어서 사귄 친구들과도, 학교 졸업하고 사회인으로 만난 또래들과도 유쾌하고 때로 애틋하게 지냈다.

해 떠서부터 해 질 녘까지 붙어 지냈던 친구들의 보들보들한 얼굴선이 생각난다. 땡볕 아래서 땀을 찍찍 흘리고 노는 바람에 항상 머리통에서 나던 시큼한 '개미똥구멍' 냄새도 느껴진다. 그토록 오랜 시간을 함께 지나왔지만 서른 살, 마흔 살 넘어서는 먼발치에서도 본 적 없는 시절 인연들. 글쓰기 수업에 오는 두리번 님은 우리도 딱 때가 무르익어 만난 사이라고 짚어줬다.

"저도 멋진 사람이고 싶어서 글 쓴다고 했는데 선생님들한테 칭찬도 듣고 그러니까 벌써 특별해진 것 같은 기분이 들어요. 하루하루 설레요. 이 타이밍에 나타나주셔서 정말 감사해요."

특정한 시간과 공간의 환경이 맞아떨어져야 맺어지는 시절 인연의 끈. 글쓰기 선생이라면 가느다란 그 끈을 튼튼한 동아줄로 바꾸는 능력 정도는 있어야 했다. 세상에 없는 방법을 쓰지 않았다. '내 글을 읽어주는 1차 독자'의 소중함만 부각시켰다. 초등학교 때 일기장에 받는 '검'이 지긋지긋했지만, 선생님의 자잘한 칭찬과 관심, 질문 덕분에 꾸준히 글쓰기를 할 수 있었다는 것을.

내 마음을 보여주기 싫은 날은 서너 줄, 재미있게 논 이야기는 두세 장씩 쓰던 일기는 1차 독자를 잃은 중학생 때부터 몇몇 학생 사이에서만 명맥을 유지했다. 대부분은 글쓰기에 선을 긋고 담을 쌓아 올려서 글쓰기와 대치한 채 살아왔다. 글쓰기 수업에서 정성껏 읽어주는 사람들을 만나고는 놀랄 만큼 생생하고 재미있는 글을 쓰기 시작했다.

똑같이 시작해도 마음의 문을 여는 속도는 달랐다. 자신의 이야기는 너무 하찮은 것 같다고 주저하는 사람도 있었다. 7개월 수업이 끝날 때까지 '내 글을 보여주는 건 어렵겠다.'고 미리 결심한 사람도 있었다. 그러나 눈치 없는 편인 나는 숙제와 무결석을 강조했다. 사람들은 어쩔 수 없이 용기를 쥐어짜서 단체 메시지방에 글을 올려야 했다. 부끄러움과 두려움에 떨었다던 강한소울 님이 말했다.

"우리 에세이반 선생님들 같은 분들이 세상에 계셔서 제 남은 인생이 계속 기대되고 설렌답니다. 칭찬과 격려 감사해요."

글로 나를 표현하고 사람들에게 공감과 칭찬을 받으면, 과몰입 상태가 찾아온다. 글감들이 머릿속에서 맴돈다. '테트리스 게임'에 재미 붙였던 상황과 비슷하다. 밤에 불 끄고 누우면 특유의 배경음악과 함께 천장에서 벽돌이 끝도 없이 내려오는 것처럼, 쓰고 싶은 게 떼로 몰려온다. 나는 글쓰기 수업에 참여하는 사람들에게 찰나의 생각을 스마트폰의 메모장과 음성 녹음 앱에 기록해보라고 했다.

읽고 메모하는 걸 좋아하고, 아무도 없을 때 혼잣말을 한다는 문어 님과는 동네 소아과에서 처음 만났다. 밤새 토하고 고열에 시달린 둘째 아이와 맞은 아침이었다. 탈수 증상이 있어서 링거부터 맞아야 했다. 지난밤부터 먹지 못하고 앓기만 한 우리 둘째는 씨름왕 출신(참가자 수 비밀)인 나를 닮아서 힘이 셌다. 팔에 주삿바늘을 꽂기 위해 의사 선생님과 간호사 선생님이 진땀을 흘렸다. 지켜보는 나도 진이 빠졌다. 겨우 한숨 돌리는데 보들보들한 유치원생 아이를 데리고 온 젊은 엄마가 알은체를 했다.

"안녕하세요, 배지영 작가님이시죠?"

그는 내 책을 다 읽었고, 강연회에서 나를 본 적도 있다고 했다. 재밌는 게 얼마나 많은데 유명하지도 않은 작가를 알아보나. 문어, 나중에 SNS 메신저로 이름을 알게 됐다. 나는 그의 간절함을 봤고, 글을 쓰고 싶어 하는 사람들의 마력에 이끌렸다. 글쓰기 1기 수업을 하면서 2기 수업을 또 벌였고, 문어 님과는 자주 만나는 사이로 발전했다. 담담하게 쓴 그의 글을 읽으며 몇 번은 울컥했다.

첫 번째로 와서 박힌 글은 '한 남자를 이해하기 위한 글쓰기'. 열한 살에 어머니를 여읜 소년은 외로움과 배고픔과 막막함을 견디며 동생을 돌봐야 한다는 책임감을 지닌 채 대학교 3학년이 되었다. 광주광역시에서 가장 싸고 작은 방에 살던 청년은 빙판길에 미끄러졌고 하필 트럭과 부딪쳤다. 의사 부부의 집에서 가정교사를 하던 대학생 문어 님은 청년에게 도움을 주었다. 두 사람은 친해졌고 결혼을 했고 마트에서 첫 장을 봤다.

우유 한 팩을 사는 데도 ml 단위로 환산한 금액을 따지는 남편에게 문어 님은 경제권을 고스란히 내주었다. 세 아이를 낳고 키우면서 자신을 위해 작은 것도 선뜻 사지 않고 삶을 꾸려왔다. 사람들이 멋스럽다고 하는 원피스는 10년도 넘은 거였다. 글쓰기 수업에 참여하고 작가 강연을 듣는 게 자신에게 주는 유일한 사치였다.

내내 신고 다니는 검은색 운동화가 낡고 해져서 안에 신은 양말이 보인다는 것도 봄이 되고야 알았다. "하나 사긴 사야 되겠네."라고 말한 남편은 문어 님이 사려고 마음먹은 2만 원대 운동화의 최저가를 찾아내서 주문했다.

아이들이 건강하게 잘 자라고, 호수공원이 보이는 아파트로 이사해도 결혼기념일에는 조금, 아니 많이 헛헛했다. 문어 님은 아무 일도 없이 지나가는 14주년 밤에 쓰레기를 버리러 나왔다. 그때 글쓰기 수업 단체 메시지방에 글 하나가 올라왔다. 작가 강연회 하는 날인 줄 알고 서점에 왔는데, 착각해서 너무 슬프다는 어떤 동료.

"위로 드립니다. 아래로는 안 드릴 겁니다."

음악 카페 DJ를 하면서 '위로의 언어'라는 주제로 강연까지 했던 웅옵 님이 댓글을 달았다. 문어 님은 재미난 이야기를 같이 주고받는 것처럼 웃었다. 비구름처럼 무겁던 우울이 걷히니까 기념일을 셀프로 축하하자는 마음이 들었다. 길 건너 마트 화단에는 공원에서 관리하는 꽃들과는 확실히 다른 구절초가 야성적으로 피어 있었다. 문어 님은 일곱 살 막내 키만 한 구절초를 다정하게 안아봤다. 그러고는 식구들이 모두 잠든 밤에 글을 썼다.

'이런 작은 얘기를 써도 될까?' 사람들은 의심하면서도 글을 다 썼을 때의 뿌듯함과 자유와 해방감을 만끽했다. 점심 빨리 먹고 업무 시작 전에 글을 쓰며 '얼른 집에 가서 씻고 글 쓰고 싶다.'는 생각을 한다고 했다. 그러나 집에 가면 할 일이 태산, 퇴근하면서 집안일의 순서를 머릿속으로 시뮬레이션 한단다. 현관문을 열면 아무것도 뜻대로 되지 않았다. 학교에서 속상한 일이 있던 아이들은 엄마와 아빠를 붙들었다. 밥 먹고 식구들을 위해 시간을 쓰다보면 깊은 밤이었다. 그래서 어느 날은 자다 일어나서 노트북을 켰다. 일상에 실금이 갈 만큼 무리를 하면서 글쓰기에 매달리는 시기를 거쳤다.

단체 메시지방에서 사람들은 지금 읽고 있는 책 사진을 올리고, 먹고사는 일에 치여 눈팅만 하는 이의 안부를 물었다. 돌아가면서 쓰는 글에는 훤히 아는 동네와 상점과 공원이 나와서 3D처럼 입체적인 글 읽기가 가능했다. 거의 모든 책과 드라마와 영화는 서울이 배경인데, 대도시의 거리, 백화점, 놀이공원, 대기업이 나오지 않는 글을 읽으면서 어떤 통쾌함을 느끼기도 했다. 그렇게 읽고 쓰는 데 들이는 시간이 쌓일수록 서로를 더 애호했다.

『소년의 레시피』와 『환상의 동네서점』을 읽은 사람들은 "이런 글은 나도 쓸 수 있겠어."라고 말했다. 오래전 나도 딱 그 마음으로 시작해서 내가 사는 도시와 사람들에 대해 썼다. 운이 좋아 혼자서도 꺾이지 않고 썼다. 책을 펴냈고 단골서점에 상주하며 월급 받는 작가가 됐다. 덕분에 오랜 세월 고단하고 외롭게 글을 써온 사람들, 글로 나를 표현하려는 사람들과 글쓰기 수업을 한다.

"혼자서는 하나도 쓰지 못했을 거예요. 함께하니까 갈 수 있었어요. BTS의 「heartbeat」라는 노래 중에 '만약 나 혼자였다면 혹시 널 몰랐다면 포기했을지 몰라.'라는 가사가 있어요. 이 말이 딱 맞는 저의 답이라고 생각합니다."

한날 님이 말했다. 20대부터 70대까지 세대를 아우르며 함께 글을 쓰는 사람들은 서로에게 자극과 영감을 준다. 초등학교 때 친구들처럼 아침부터 밤까지 단체 메시지방에서 글쓰기와 일상을 공유한다. 마감이 있는 글쓰기에 밀도 높은 설렘과 압박을 느낀다. 서로를 이어주는 시절 인연 덕분에 어떻게든 글을 쓴다. 생물학적으로 몇 살이든, 글쓰기의 세계에서는 아이들처럼 향기를 뿜어내며 쑥쑥 자란다. 가능성으로 빛나는 사람들을 보며 나는 글쓰기 수업을 한다.

에세이로 남은 일상

"이런 글은 나도 쓸 수 있겠어!"
독자가 따라 써도 좋을 작가의 에세이를 보여줍니다.

받아쓰기 60점 맞던 감격의 순간!

큰아이 제규에게는 따로 한글 공부를 시키지 않았다. 유치원 일곱 살 반에서는 일주일에 한 번씩 받아쓰기를 했다. 제규는 30점이나 40점 맞았다. 책을 읽을 줄 알았고, 듣는 사람이 잘 이해하게 자기 생각도 얘기할 줄 알았다. 그래서 나는 제규의 받아쓰기 점수에 크게 신경 쓰지 않았다.

학교는 유치원과 달라서 정규 수업이 일찍 끝난다는 게 걱정거리였다. 초등학교 1학년인 아이가 엄마 아빠 출근하고 없는 빈집에 혼자 들어가지 않도록, 혼자 밥 먹지 않도록, 갑자기 쏟아지는 비를 맞지 않도록 하는 게 학부모가 될 준비라고 생각했다. 나는 아이 돌봐줄 사람을 구했다. 제규와 의논해서 '고모'라고 부르기로 했다.

고모는 줄줄이 딸린 동생들을 모두 업어 키운 '옛날 큰언니' 처럼 우리 제규를 돌봐주었다. 덩치가 작은 편인 제규가 맞고 올 때마다 "제규야, 코를 한 대 팍 쳐버려. 그러면 끝난다."라고 강조했다. 아파트 놀이터에서 큰 애들이 제규를 윽박지르면, "우리 제규도 곧 너만큼 큰다. 사이좋게 지내라."고 타일렀다.

제규는 고모 심부름을 하러 혼자서 마트에도 가고, 영어 학원에도 걸어 다녔다. 반 친구를 전화로 불러서 우리 집에 친구가 놀러 오기도 했다. 이 뿌듯한 시기에 내 노동 강도는 한 해 전보다 두 배 정도 세져 있었다. 남편까지 바빠서 제규의 알림장과 필통 속을 살피는 것도 큰일이었다.

4월 말, 나는 제규네 반 엄마 모임에 갔다. 다른 아이들의 받아쓰기 점수는 100점이 기본, 실수하면 90점 맞는다고 했다. 한글은 유치원생일 때부터 '마스터'했단다. 그날부터 가슴이 답답했다. 받아쓰기 하자고 제규를 들들 볶는가 하면, 어느 날은 나도 좀 살자고 모른 척했다. 받아쓰기 보기 전날인 목요일 밤마다 행복하지 않았다.

나보다 먼저 학부모가 된 선배들은 이제라도 제규를 보습 학원에 보내라고 했다. 나는 고집을 부리고 싶었다. 자기 이름 석 자만 알고 학교에 들어간 '전설 속의 아이들', 주눅 들지 않고 씩씩하게 학교생활하다가 나중에는 친구들과 어깨를 나란히 했다는 아이가 우리 제규일 수도 있다는 믿음을 놓고 싶지 않았다.

5월의 어느 주말, 일이 바빠서 시가에 제규를 맡겨놓고 왔다. 돌아선 지 2시간 뒤에 제규가 자전거 타다가 발목이 부러졌다는 연락을 받았다. 그날 바로 입원해야 했다. 시간이 빨리 지나서 부러진 발목의 붓기가 가라앉기를, 통 깁스해서 퇴원할 날을 기다렸다. 낮에는 어머니와 돌봐주는 고모가 번갈아서 병원을 지켰다.

제규가 높은 베개에 깁스한 다리를 올리고서는 '마님'처럼 이것저것 시키는 것도 고마웠다. 뼈가 으스러질 수 있었고, 얼굴을 다칠 수도 있었다. 발목이 부러진 건 하찮은 불행이었다. 제규가 혼자 오줌을 누고, 양치질을 하고, 걸어 다닌 것은 완전히 소중한 행위였다. 다시 걸을 수만 있다면, 받아쓰기는 영영 못한대도 괜찮을 것 같았다.

9일 만에 퇴원한 제규는 깁스를 한 채로 학교에 다녔다. 반 친구들이 소꿉놀이 하러 운동장으로 나간 날은 혼자 교실에 남아 있었다. 목발 짚는 게 서툰 제규는 교실에서 급식실까지 오가는 것을 힘들어했다. 급식 시간에 맞춰서 고모와 아르바이트 학생이 번갈아 학교에 다녀왔다.

제규는 6주 만에 두 발로 걸었다. 하지만 혼자 책가방을 챙기고, 식탁에 수저를 놓고, 옷을 입던 습관은 사라져버렸다. 다시 처음부터 해야 한다는 것보다 더한 공포는 금요일마다 닥치는 받아쓰기 시험. 제규는 목발을 짚지 않고 학교에 가서 첫 받아쓰기 시험을 본 날, 휠체어에 앉아서 첫 운동회를 구경한 날보다 더 서럽게 울었다.

"엄마, 나는 받아쓰기 때문에 살 수가 없겠어!"

제규는 그 뒤로 자주 머리가 아프다고 했다. 고모가 몇 번이나 아이를 데리고 병원에 갔다. 소아과 선생님은 특별한 이상이 없다고 했다. 나는 자책했다. 제규가 유치원 다닐 때 왜 한글 떼는 학습지를 시키지 않았을까. 그래놓고 왜 이제 와서 "다른 친구들은 다 100점 맞는다."는 비교를 했을까.

퇴근하고 집에 오면, 아프다고 누워 있는 제규를 보는 날이 많았다. 날마다 '받아쓰기 못 해도 다그치지 말아야지.'라고 다짐했다. 두 눈을 감고 팔베개한 채 미끄럼틀 타는 제규 사진을 자주 들여다봤다. 아이의 자유로움을 위해서는 나 스스로 받아쓰기 압박에서 풀려나야 했다. 내 마음이 많이 느긋해진 날, 제규에게 물었다.

"네가 생각했을 때 받아쓰기는 잘한 게 몇 점이야?"

"60점."

"그럼, 2학년 올라가기 전에 딱 한 번만 해볼래?"

제규는 진짜로 60점을 맞았다. 나는 받아쓰기 점수를 사진 찍어서 주위에 자랑했다. 사람들은 점수도 훌륭하고, 글씨가 반듯한 게 예술이라고 칭찬해줬다. 나는 한석봉의 엄마라도 된 것처럼 "밤마다 제규 옆에서 떡 썰잖아."라고 농담을 했다. 제규는 내가 퇴근하면, 옆에서 책을 읽거나 딱지를 치거나 종이를 접다가 잠들었다.

받아쓰기 60점은 한 번으로 그쳤다. 제규와 내가 감격한 영광의 순간은 다시 오지 않았다. 하지만 끝이 아니라는 것을 알고 있다. 받아쓰기는 제규가 젖을 떼거나 똥오줌을 가릴 때처럼, 존재감 없이 퇴장할 거다. 분명히 '해피엔딩'으로 끝날 거다. 나는 금요일 저녁마다 으하하하! 웃으면서 받아쓰기 시험 점수를 확인한다.

"제규야, 원숭이도 나무에서 떨어진다. 60점 맞았다고 잘난 척하니까 금방 20점 맞잖아."

"알아. 나도 다음에는 잘할 거야."

제규에게 즐거웠던 순간은 짧아도 강렬하다. 괴로워서 진짜 길게 느껴졌던 시간들을 이겨버린다. 친구와 싸우고 나서도 금방 화해하고 놀 줄 안다. 학교 갈 준비를 꾸물꾸물 한다고, 나한테 야단맞고 상처 입은 것도 마음속에 담아두지 않고 까먹어 버린다. 그래서 지금 제규는 받아쓰기 60점을 낙관적으로 간직하고 있다.

나는 가면을 쓰고 있다. 어느 날에 본성이 튀어나오면, 받아쓰기처럼 제규가 아직 잘하지 못하는 것들을 치사하게 끄집어낼 수도 있다. 나는 그때를 대비해서 인간은 유일하게 격려받아야 하는 동물이라는 것, 사랑은 그 사람이 바라는 대로 나아갈 수 있게 용기를 주는 거라는 현자들의 말을 되새기고 있다.

2장

무엇을 쓸까

누구나 가진
'뜯어 먹기 좋은 풀밭' 이야기

독심술은 글쓰기 수업할 때만 '만렙'이 됐다. 시작하길 잘했다는 사람과 괜히 쓴다고 했다며 후회하는 사람, 자기 글에 대한 평가를 받고 싶은 사람과 아무런 이야기도 듣고 싶지 않은 사람, 자기 이야기를 쓰며 용기를 얻는 사람과 두세 걸음 뒤로 물러서는 사람, 글감이 넘친다는 사람과 쓸 게 없어서 힘들다는 사람의 마음을 읽었다.

두 부류로 나뉜 사람들 사이의 벽이 높고 선명해지지 않기를 바랐다. 계속 쓸까? 그만둘까? 망설이는 사람들에게 더 마음이 쓰였다. 무엇을 써야 할지 몰라서 막막하다는 이들을 뻔하지 않게 북돋우고 싶었다. 살아온 세월만큼 이야기는 어딘가에 쟁

여져 있다는 걸 말하려고 조지 오웰의 『카탈로니아 찬가』에 나오는 문장을 빌려왔다.

> 당시에는 지긋지긋했지만 이제 그 기억은 내 마음이 뜯어 먹기 좋아하는 좋은 풀밭이 되었다.

누구나 '자기 마음이 뜯어 먹기 좋아하는 풀밭'을 몇 개쯤 갖고 있다. 나한테 첫 번째 풀밭은 열두 살 봄까지 살았던 시골이다. 제사 지내고 맞은 이른 아침에는 동네를 크게 한 바퀴 돌며 말하고 다녔다. "아침밥 잡수러 오시랑게요." 집집마다 1년에 몇 번씩 제사는 돌아왔고, 이웃집의 밥그릇이 몇 개이고 수저가 몇 벌인지 알고 지내는 이웃 사람들은 큰일 치를 때마다 살림살이를 빌려 썼다.

마을의 큰 또랑('도랑'의 방언) 너머에는 조그마한 상엿집이 있었다. 하나밖에 없는 점빵('작은 가게'의 방언) 가는 길에 보였다. "암시랑도 안 해야. 귀신은 한밤중에만 돌아다니는 거여." 엄마는 한낮에도 상엿집을 무서워하는 내 등을 토닥였다. 홍역을 앓느라 밥알을 못 삼키는 동생이 유일하게 먹을 수 있는 건 베지밀이었다. 나는 오들오들 떨면서 혼자 점빵으로 갔고, 양손에 베지밀 병을 꽉 쥐고는 울면서 돌아왔다.

누구네 집 할아버지나 할머니가 돌아가시면, 마을 어른들은 상엿집에서 상여를 꺼내 왔다. 장식이 없는 나무 틀에 울긋불긋하고 커다란 종이꽃을 달았다. 시집간 딸들이 와서 땅바닥을 치며 곡을 했고, 없는 사람처럼 소리를 안 내고 살던 순한 며느리들도 조문 온 사람들이 다 들을 수 있게 통곡했다. 열 살밖에 안 됐던 나는 지팡이를 짚은 노인에게만 저승사자가 찾아온다고 생각했다.

어느 날, 우리 동네 저수지의 수문을 관리하는 동남이 삼촌이 일하다가 실족사했다. 물에 빠져 죽은 사람의 원혼만 달래준다는 당골네가 왔다. 화려한 한복을 입고 뚝방에 서서는 "색시랑 애기 걱정하지 말고 펜안히 가씨요."라는 말을 주문처럼 외며 치성을 드렸다. 당골네는 동남이 삼촌이 집에서 신던 고무신을 저수지로 띄웠다. 한참 뒤에 건져 올린 신발에는 뻣뻣하고 짧은 검은 머리카락 몇 올이 들어 있었다고 했다.

소와 염소가 뜯어 먹을 수 있는 진짜 풀밭이 사방에 있었다. 소를 가둬 키우지 않고 들판에 말뚝을 박아서 줄을 매어두고 키우던 시대였다. 어른들이 바쁘면 아이들은 놀다가도 자기 집 소가 새로운 풀을 뜯어 먹을 수 있게 자리를 옮겨주고 왔다. 텔레비전 만화영화를 보다가도 어둠이 깔리기 전에 다들 소와 함께 논두렁 옆 신작로를 걸어서 돌아왔다.

우리 집은 주로 엄마 혼자서 일했다. 서른두세 살이었던 엄마는 논에서 피를 뽑고, 콩밭에서 김을 매고, 네 아이한테 애정 표현을 많이 했다. 밥 뜸 들일 때 가마솥에 달걀찜을 하는 다른 엄마들하고 달랐다. 김이나 당근을 넣은 달걀말이를 하고, 짜장밥도 만들었다. 자식들만큼이나 애지중지 소를 키우던 엄마는 고단해서 초저녁에 잠들었다가 벌떡 일어난 적이 몇 번 있었다. 가로등도 없는 신작로를 걸어 나가 조금 너른 풀밭에 이르렀다.

"내 발자국 소리가 난게는 소가 한숨을 푹 쉼시로 일어나드라이. 소는 무섬을 잘 타는디, 야밤까지 얼마나 애가 탔겄냐이."

엄마는 당신 눈앞에 소가 있는 것처럼 말했다. 몇 초 뒤에는 목이 메어서 마른침을 크게 삼켰다. 우리 소는 누군가 논두렁에 놓아둔 쥐약을 먹고 말았다. 너무 아프고 괴로워서 말뚝이 뽑힐 정도로 펄펄 뛰어 우리 집까지 달려와 죽었다. 며칠 동안 앓아누웠던 엄마는 텃밭에서 상추와 깻잎을 소쿠리 가득 뜯어 와서 말했다. "소가 없응게로, 인자 내가 소같이 풀을 먹을란다이." 그 말은 애틋해서 잊히지 않았다. 집에서 소를 한두 마리씩 기르는 걸 본 적 없는 우리 아이들한테 나도 소하고 같은 수준으로 채소를 먹을 수 있는 사람이라고 말한다.

지금의 나를 이루고 있는 가치관과 태도, 말과 행동은 과거의 공간과 사람들에게서 왔다. 지금 이 순간도 지나간 것들에 신세를 지며 살아가는 사람들은 글을 쓰면서 필연적으로 어제로, 더 먼 옛날로 시간을 거슬러 갔다. 세상에 하나밖에 없는 자신의 이야기는 부모님과 형제자매, 학교와 친구들, 나고 자란 고향과 닿아 있었다.

"제가 태어난 직후 우리 집은 그림책 『오늘은 5월 18일』의 한 장면처럼 담요로 창문을 다 막아놨다고 하셨습니다. 집에 불이 켜져 있다고 총 쏘고 잡아갈까 봐, 갓난쟁이 울음소리가 담장을 넘을까 봐."

1980년 4월에 태어난 문어 님의 뜯어 먹기 좋은 풀밭은 광주였다. 전남도청을 향하는 금남로에 있던 육교, 그 언저리에 있는 광주일고 건너편에서 자랐다. 시위대를 토끼처럼 몰아서 곤봉으로 무자비하게 때리는 '나쁜 놈들' 소식을 듣는 게 일상이었다. 장사하는 부모님은 금남로에서 대학생 시위가 격해지면 가게 셔터를 내렸다. 집 안에 양초를 켜고는 최루탄 때문에 눈이 맵다고 울고불고하는 어린 문어 님의 눈 밑에 치약을 발라줬다.

30년 이상 광주에서 살다 작은 도시로 이사 온 문어 님은 5·18이 잊힌다는 게, 대놓고 왜곡하는 사람들이 있다는 게 너무 아프고 속상했다. '광주의 딸'로서 무엇이든 하고 싶었다. 광주민주화운동과 관련된 책을 수집해서 아이들과 읽고 SNS에 소개했다. 광주민주화운동 40주년에는 '80년 봄에 광주에서 태어났습니다'라는 글을 썼다.

숙제니까 반드시 해야 한다는 부담 때문에 그때그때 일상에서 마주친 에피소드를 짧게 쓰던 사람들은, 나만 못 쓰는 것 같아서 포기하려던 사람들은 차츰차츰 자기만의 풀밭을 찾아냈다. 같은 시대를 살았다 해도, 같은 고장에서 자랐다 해도, 같은 드라마를 보며 같은 노래를 듣고 춤을 췄다고 해도, 똑같은 글은 없었다. 각자 다른 글을 썼다.

오랜 세월 짓눌린 이야기들이 먼저 터져 나왔다. 글 쓴 사람의 서러운 마음이 헤아려져서 단체 메시지방에 올라온 글을 읽은 사람들도 울었다. 자기만의 풀밭을 찾은 사람은 말뚝에 줄이 묶인 채로 되새김질하는 소처럼, 지난날을 곱씹으며 계속 썼다. 그중에서 구르미 님은 그렁그렁하게 차오르는 눈물이 마를 때까지 써서 어머니 이야기를 완성했다.

"투병하는 엄마를 지켜보며 겪은 모녀 이야기이기도 하지만, 사랑과 상처를 동시에 준 부모님이 나이 들고 병들어 자식에게 의지하며 사는 우리 모두의 이야기이기도 하다. 글을 쓰며 나는 성장했고 치유가 되었다."

유쾌한 글을 쓰는 꽃다람쥐 님은 자기 이야기의 성정이 어디에서 비롯되었는지 탐구했다. 너른 풀밭에 늘 볕이 들게 해주는 사람은 남편이었다. 집에서는 설거지를 하고, 해외에서는 바디 랭귀지와 감탄사만으로 자유롭게 여행하고, 성당에서는 여자 어르신들에게 사랑받고, 술잔을 들면 아직도 가슴이 뛴다는 말로 아내 가슴에 불을 놓는 남편. 꽃다람쥐 님은 남편을 자기의 시선으로 재해석하면서 30여 년 결혼생활을 글로 써서 정리했다.

경상도의 시골 초등학교에서 기계체조를 했던 두리번 님은 올림픽 체조 경기를 보며 친구들과 실컷 체조 이야기를 했다. 어쩔 수 없이 해야 했던 운동과 읍내에 남북으로 길게 늘어선 서른일곱 개의 크고 작은 고분군이 있는 고향 이야기가 새싹처럼 파릇하게 돋아났다. 너무 이른 결혼을 반대하는 부모님이 야속했던 스물다섯 살의 두리번 님, 남자친구와 가야 시대에 만들어진 아라가야의 고분군을 막막하게 걸었던 여름날도 뜯어 먹기 좋은 풀밭이 되었다. 결혼하고 아기를 낳아 기르는 이 작은 도시에도 빠져 있다. 주말마다 세 식구는 토박이들조차 모르는 곳을 탐험하며 이야기를 채집한다.

우리 시골집 뒤란에서는 솔('부추'의 방언)이 자랐다. 씨를 심는 상추나 모종을 키우는 고추하고는 달랐다. 봄이 되면 저절로 싹이 올라왔다. 엄마는 부엌에서 음식을 하다가 칼을 들고 나가서 솔을 베어 오곤 했다. 비 오는 날에는 솔로 전을 부치고, 여름에는 칼집을 낸 오이에 솔을 박아 넣어 오이소박이를 만들고, 아빠가 입맛 없다고 하면 젓갈에 솔을 버무리기도 했다.

솔은 사시사철 거기 있는 것 같았다. 노르스름한 종 모양의 감꽃은 솔밭에 떨어져 있었고, 뒷산에 보리수를 따러 갈 때도 무성한 솔밭을 지났다. 엄마가 먹으라고 한 찐덕찐덕한 무화과를 몰래 던지는 곳도 솔밭이었다. 그러나 솔은 찬바람이 불면 쑥 들어가버렸다. 엄마는 겨우내 아궁이의 재를 긁어모아 아무것도 없는 땅에 뿌려주며 봄을 기다렸다.

글 쓰는 사람은 오래전 이야기가 만들어준 풀밭만 뜯어 먹으며 살 수 없다. 일하면서도, 아이들을 키우면서도, 공동체에 작은 힘을 보태면서도 덤불 속에서 올라올 새로운 이야기의 싹을 틔워야 한다. 동동거리고 사는 이유는 하나, 글 한 편을 쓰면 대단한 걸 이룬 것 같다. 나를 표현하고 나면 후련하다. 나만의 이야기가 뻗어나가 만나본 적 없는 사람들과 연결되는 게 통쾌하다. 그 재미를 놓치기 싫어서 내일이나 내년, 더 먼 미래에 글로 쓸 풀밭을 부지런하게 가꾼다.

우정을 지키기 위한
'70금' 이야기

내가 자란 시골 마을은 이유를 묻지 않는 세계에 속했다. 왜 참고 견디느냐는 질문을 하지 않는 게 어른들 사이의 암묵적인 합의였다. 인내를 몸소 보여준 이야기만 전해졌다. 마당에서 열무 다듬다가 산기를 느낀 동네 아주머니는 문간방으로 들어갔다. 끊어놓은 기저귀 천을 문고리에 붙들어 매고서 혼자 아기를 낳았다. 논두렁 풀을 베다가 뱀에 물린 동네 아저씨는 허리띠를 풀어서 종아리에 묶었다. 물린 발목을 낫으로 째고서 입으로 독을 빨아들여 뱉어냈다.

우리 동네 어른들은 1년에 한 번만 몸과 마음으로 느끼는 감정을 표현했다. 추수 끝내고 2박 3일 동안 단체 여행을 다녀오는 밤이었다. 관광버스 기사가 동네에 도착했다고, 그만 내리라고 시동을 꺼도 소용없었다. 얌전한 아주머니도 버스 통로에서 울며불며 노래 부르고 춤을 췄다. 시부모 봉양하고 줄줄이 딸린 새끼들 뒷바라지해야 하는 집이 코앞인데, 관광버스 안에서 다들 몸부림치며 버텼다.

"누가 내 칫솔로 이빨 닦았디야? 드럽게."

우리 외할머니 백오순 여사가 흥건하게 물기가 남아 있는 당신 칫솔을 들고서 읊조린 말을 기억한다. 외할머니도 할머니가 아닌 사람이라는 것을, 나는 세수하고 등목하고 쌀 씻는 부엌 옆 샘가에서 깨우쳤다. 방학마다 외가에는 우리 4남매와 동생 또래의 이종사촌들, 나보다 한 살 많은 막내 이모와 네 살 많은 외삼촌이 있었다. 외할머니는 피붙이들이 물러난 밥상에 혼자 앉아서 남은 음식을 싹싹 맛나게 드셨다. 하지만 당신 칫솔의 단독성만은 고수했다. 새것으로 꺼내 와서 이를 닦았다.

나는 마음을 툭 건드려주는 어른들의 표현이 좋았다. 엄마는 친정 동네에 생긴 카페에서 어떻게 시켜야 할지 몰라 도시 커피(아메리카노)를 마실 수 없었다. 딸들 덕분에 드디어 주문에 성공했다며 으쓱하는 모습이 귀여웠다. 그래서인지 우리 아파트 경로당 냉장고 문에서 '우리의 시대가 갔다는 것을 인정하자.'라는 문장과 마주쳤을 때 마음이 더 얼얼했다. 뒷전으로 물러나자는 어르신들의 속내가 쓸쓸하게 와닿았다.

“작가님, 어떤 어르신이 상주작가를 만나고 싶다고 너무 간절하게 말씀하시거든요. 어떡할까요?”

하필이면 쉬는 날 해거름에 전화를 받았다. 이미 정해놓은 답이 있었다. “내일 오시라고 하세요.” 그 말을 선뜻 하지 못한 건 어르신이 가진 절실함의 깊이를 몰라서였다. 일찍 저녁밥을 먹고 서점으로 갔다. 전화를 직접 걸었을 것 같은 박력 있는 어르신은 보이지 않았다. 조금 뒤에 점잖게 보이는 할머니가 서가 사이를 천천히 걸어 들어왔다.

1944년생, 우리 엄마보다 다섯 살 많은 어르신은 에둘러 말하지 않았다. 작가가 글쓰기를 가르쳐준다는 말을 뜨개방에서 듣고 설레었다고 했다. 30여 년간 다도를 하고, 쉰일곱 살에 손주 키우면서 대학에 입학해 대학원 공부까지 마치고, 동양화를 그리고, 수를 놓으며 황혼에 접어든 그에게 마지막으로 필요한 건 글쓰기였으니까. 아내, 엄마, 할머니가 아닌 자기 자신으로 살아가는 일도 중요했으니까.

50년 넘게 전업주부로 살아온 그는 예술가였다. 글쓰기 앞에서 머뭇거리는 시간도 그에게는 사치처럼 느껴졌을 테다. 나는 용기 있는 노년의예술가 님에게 『인생에서 너무 늦은 때란 없습니다』를 권했다. 관절염 때문에 자수 놓는 일을 그만두고 일흔 여섯 살부터 백한 살까지 그림을 그린 미국의 모지스 할머니 이야기였다. 글쓰기를 시작하겠다는 노년의예술가 님도 마침 일흔여섯 살이었다.

노년의예술가 님은 컴퓨터로 글을 써서 단체 메시지방에 올렸다. 해마다 지리산으로 간다는 봄 마중 이야기가 눈에 들어왔다. 그는 크고 높은 산자락을 숨차게 올라 어린 찻잎을 따고, 면장갑을 세 켤레나 끼고 차를 직접 덖었다. 찻잎을 살청하고 유념하여 건조하는 게, 애쓰고 부대끼며 사는 우리 삶과 닮았다고 했다. 생활과 다도가 맞닿은 경계를 넘나든 사람만이 들려줄 수 있는 이야기였다.

그는 자식뻘 되는 글쓰기 수업 동료들에게 또 다른 세계도 선사했다. 물러갔다가 뒤끝 있게 닥쳐오는 추위 속에서 매화가 피면, 테이블에 다포를 깔고 매화꽃을 놓고 차를 준비했다. 공원에 진달래꽃이 피었을 때는 진하고 싱싱한 꽃잎을 골랐다. 노년의예술가 님은 단체 메시지방에 한 점의 그림 같은 화전 사진을 올려주었다. 마음이 동한 글쓰기 동료는 퇴근하고 공원의 진달래꽃을 따서 난생처음으로 화전 부치기를 해봤다.

부모에게 자식은 자부심, 노년의예술가 님에게도 네 딸이 있다. "갈 수 있는 데까지 가보렴." 노년의예술가 님 부부는 열성적으로 뒷바라지했다. 그의 딸들은 지방 소도시에서 서울에 있는 대학에 진학하고, 대학원을 졸업했다. 해외의 이름난 대학에서 공부하고 유럽과 미국을 오가며 일하는 딸도 있다. 하지만 나는 노년의예술가 님이 40대나 50대에 접어든 딸들 이야기를 계속 쓰는 게 마음에 걸렸다. 생물학적인 나이를 초월해서 반짝거리는 그의 일상이 바래는 것 같았다.

“노년의예술가 님, 경로당이나 친목계 모임에서 사람들이 무슨 이야기를 싫어해요?”

“자식 자랑, 손주 자랑이지요. 하버드 갔다는 소리를 한두 번은 할 수 있어요. 좋은 회사 다니는 것도요. 만날 때마다 그 말을 하면 진짜 듣기 싫어요. 자랑 많이 하는 사람일수록 잘 삐치니까 다들 그만하라고도 못 하고 피곤해요.”

“우정이 깨질 수도 있겠네요. 그런데 글쓰기도 말이랑 비슷해요. 이미 성인이 됐거나 결혼한 자녀 이야기를 많이 쓰면 빤해질 수 있거든요. 저는 노년의예술가 님이 다도, 자수, 그림, 현재 도전 중인 글쓰기에 대해 더 많이 쓰면 좋겠어요.”

고독을 견디지 못하는 게 글쓰기의 속성. 빈집의 구들장에도 풀씨가 날아와 싹이 나듯 글쓰기는 자연발생적으로 바깥과 이어지는 통로를 만든다. 외부로 향하는 문을 열고서 누군가에게 가닿는다. “그래서 뭐 어쩌라고요?” 퉁명스럽게 반응하는 벽에 부딪히기도 한다. 사람들은 자신의 시선으로만 썼던 글쓰기의 궤도를 수정하면서 타인들에게 곁을 준다. 그러고 나면 자신이 웃으며 쓴 글을 읽고 따라서 미소 짓고, 감정이 북받쳐 한참 울고 쓴 글에 아픔을 털어놓는 사람도 생긴다.

'나의 자랑은 하지 않는다. 남의 험담을 하지 않는다.'는 하루키의 에세이 규칙을 글쓰기 수업에서는 반만 따라 했다. 소극적으로 고개를 끄덕이든 열 마디를 보태든, 끝에 가서 허무해지는 '남 디스'를 멀리하자고 했다(시집살이 심했을 경우 시어머니와 남편 험담 2회씩 허용). 살림하고 아이들 기르고 직장 다니면서 읽고 쓰는 자기 자랑은 멈추지 말라고 당부했다.

"애들 키운 이야기는 진짜 많은데, 내 얘기는 쓸 게 없어요." 라는 사람도 자신이 어떤 것에 가치를 두고, 어떤 것에 내적 타격을 받고, 어떤 것에 어린애처럼 순수하게 기뻐하는지를 알아갔다. 노년의예술가 님도 자신만의 기쁨, 환희, 도전을 담아서 글을 썼다. '인생의 가장 마지막 친구'라며 글쓰기를 소중하게 대했다.

"내 나이 일흔일곱 살, 늦은 나이에 온전히 나를 만났다. 글을 써온 1년 반은 빛의 속도처럼 지나갔다. 나의 일상을 관찰하고 음미하면서 쓰는 일은 삶의 넓이와 나의 정체성을 찾는 특별한 시간이었다."

완벽한 해피엔딩 뒤에도 자질구레한 일상이 이어지는 것처럼, 흡족하게 글쓰기를 마친 사람들은 새로 쓰는 글의 첫 문장 때문에 헤맸다. 누군가가 단체 메시지방에서 "지극히 개인적인 일을 쓰는 게 영 아닌 것 같다."고 토로하면, 다들 실시간으로 감정이입을 했다. 포기와 실망의 분위기를 감지한 나는 사람들에게 무언가를 새로 해보라고 부추겼다.

서로의 도전 분야는 당연히 달랐다. 50여 년째 영업 중인 동네 중국식당의 모든 메뉴 먹어보기, 사춘기 아이와 티격태격하는 1일 1싸움 기록하기, 오래전에 재밌게 봤던 영화 다시 감상하기, 서점에서 한 달에 네 번씩 듣는 작가 강연회 기록하기, 초등학생 아들이 잠을 안 자면서 몰두하는 게임 배워서 같이 하기 등. 성공하지 않아도 괜찮았다. 꾸준히 해봤다는 것 자체가 사람들 마음에 닿을 수 있는 글감이었다. 우정을 건드리지 않는 자랑거리였다.

인생의 3분의 1,
피할 수 없는 이야기

"가내수공업요."

여행지에서 처음 만난 사람이 무슨 일을 하느냐고 물어보면 이렇게 대답했다. 집에서 방 한 칸 차지하고 학생들과 글쓰기 수업을 하니까 완전히 틀린 말은 아니었다. 꼬치꼬치 질문하는 사람에게는 사교육에 종사한다고 솔직하게 말했다. "뭐라고요? 사채업이요?" 특이한 청력을 가진 사람이 되물었다. "네!" 큰애 돌 반지를 몽땅 녹여서 만든 금목걸이도 있으니까 걸고 다니면 어울리겠다고 생각했다.

오랫동안 내가 하는 일을 쓰지 않았다. 처음에는 글쓰기 수업에 재밌는 구석이 많아서 노동 같지 않았다. 성적과 글쓰기를 세트라고 생각하는 학부모들에게 시달릴 때는 밥벌이 자체가 너무 괴로웠다. 그만두면 뭐 할까? 집안일과 육아를 잘하지 못하는 나는 식구들의 '짐'이 될 게 분명했다. 일을 계속하기 위해 주말마다 낯선 곳으로 갔다. 모르는 사람들 틈에 끼어서 소진된 다정함을 채워 넣었다.

일 이야기는 동네 서점의 상주작가로 출근하면서 썼다. 월말에 제출하는 '활동보고서'의 밑 작업 삼아서 스마트폰 메모장에 일지를 쓴 게 시작이었다. 강연회에 초대하고 싶은 작가에게 잘 보이기 위해 북클럽 사람들과 책을 읽고 떼샷 찍은 일, 생필품을 쌓아놓고 벌인 200자 백일장 대회, 1시간 동안 엉덩이를 떼지 않고 책을 읽으면 시급 상품권을 주는 엉덩이로 책 읽기 대회, 서점에 텐트 치고 놀면서 퀴즈 푸는 북 캠프 등을 짧게 기록했다.

"작가님, 우리 시간 많아요." 하필 내가 쉬는 날에 찾아와서 기다리던 중학교 2학년들, 작가 강연 프로그램을 보고 우리 도시에서 한 달 살기 했던 서울 시민, 『소년의 레시피』를 읽고 서점에 찾아왔던 일본인 기쿠치 미유키 씨, 일부러 짬 내서 작가 강연회에 참석하는 택시기사 등의 이야기를 한 편씩 제대로 썼다.

2년여 동안 쓴 이야기를 『환상의 동네서점』으로 펴낼 수 있어 기뻤다. 독서를 하든 안 하든, 각 도시의 중심가 서점을 약속 장소로 삼았던 사람들은 아직도 그런 곳이 있느냐며 놀랐다. 30년 넘게 사랑받는 동네 서점의 존재 자체가 감동이라고 했다. 택배비가 드는데도 먼 도시에서 일부러 우리 서점에 책을 주문했다.

옛날의 나처럼, 자기 일을 글로 표현하지 못하고 주저하는 사람들을 글쓰기 수업에서 만났다. 셀럽남편 님은 단체 메시지방에 올라오는 다른 사람들 글에 항상 정성스레 댓글을 달고 신상 이모티콘으로 감정과 재력을 표현하는 사람이었다. 나는 그가 연출한 단편영화를 보러 극장에 간 적이 있고, 고레에다 히로카즈 감독의 『영화를 찍으며 생각한 것』을 그에게 준 적 있다. 한 달에 두세 번씩 만나면서도 셀럽남편 님의 본업을 몰랐다.

글쓰기 수업이 끝나도 단체 메시지방을 닫지 않았다. 마감을 정해서 계속 글을 올리고 고치면 원고가 쌓였다. 그대로 묵히기에는 너무 아까운 글이 많아서 독립출판을 했다. 셀럽남편 님과 같이 글을 쓴 동료 중 여섯 명도 출간 작가가 되었다. 자기가 하지 못한 일을 해낸 이들을 축하해주고 책을 구입해서 사인까지 받는 셀럽남편 님은 근사했다.

"작가님. 저 글쓰기 5기 수업 신청했는데, 2기 수업 참여했으니까 안 되나요? 아직 책 낼 실력이 아닌 것 같아서 좀 더 배우고 싶은데요."

셀럽남편 님에게 좌절감을 주기 싫었다. 안 된다고 거절한다면, 내가 너무 파렴치한 사람이 될 것 같았다. 열 명만 신청받는 글쓰기 수업이지만 오라고 했다. 다만, 걸리는 게 하나 있었다. 평일에는 일하고, 주말에는 영화를 촬영하거나 아내와 근교 여행을 다니는 셀럽남편 님은 글쓰기 숙제를 안 하면 결석해버렸다. 어쩔 수 없이 그에게 '까임방지권' 2회를 주고 수업에 가끔 빠지는 것을 허용했다.

몇 년 사이에 셀럽남편 님의 글은 달라져 있었다. 취미로 하는 단편영화 이야기보다 일하는 이야기가 먼저 나왔다. 그는 트럭에서 내리다 헛디뎌서 발목 인대가 끊어진 사고 이후를 썼다. 가전과 가구를 운반하는 그가 몸을 다치면 생계와 바로 직결된다. 일시적으로 일을 쉬는 동안 그는 영원히 밥벌이를 못 하게 될까 봐 불면에 시달렸다. 생활비, 아이들 교육비, 노후에 대한 초조함이 담긴 글을 썼다. 나중에 셀럽남편 님은 일 이야기를 쓰게 된 이유를 밝혔다.

"제가 하는 사업이 제 취미나 수업에 영향 주는 게 좀 싫었어요. 사람들은 제가 하는 일을 알게 되면 묻거든요. '그건 얼마예요?', '저희 집에 있는 물건은 얼마 받을 수 있을까요?' 결국 돈과 연관되는 경우가 많아져요. 글쓰기 수업에서 만난 순수한 관계가 틀어질까 봐, 서로 불편할 문제가 생기는 게 싫어서 그랬던 거 같습니다. 근데 활동 반경이 넓어지고 연륜이 쌓이면서 의도치 않게 공개하게 되었네요."

일하는 사람은 저마다 고충을 겪는다. 이직을 고민하고, 업종 변경을 시도한다. 따지고 보면 지난해 이맘때쯤에 했던 고민과 비슷하다. 같은 사무실을 쓰는 동료하고 마음까지 안 맞으면 아침마다 불구덩이 속으로 던져지는 기분이다. 정년이 보장된 안정적인 직장에 다니는 사람들도 일 이야기는 글쓰기 수업이 끝나갈 무렵에야 쓰는 경향이 있었다.

늘 화젯거리를 만드는 사람과 같은 부서에 근무하면 꺼놓은 신경에도 전원이 들어온다. 마흔에도미인 님의 상사는 184cm에 근육질 몸매, 베이비펌이 잘 어울렸다. "사람이 지닌 고유한 향기는 사람의 말에서 뿜어져 나온다."는 『말의 품격』을 회사 책상에 놓고 읽는 상사는 출장 영수증을 요청하는 직원에게 내뱉었다. "니 돈 주는 거 아닌데 왜 지랄하고 난리야?" 업무 전화를 끊을 때도 참지 않고 읊조렸다. "**놈이 알지도 못하면서." 더럽혀진 사무실 공기는 성토대회를 열어도 정화될 것 같지 않았다.

"어째서 이런 일이 생길까?" 풀리지 않는 불합리한 문제를 끌어안고 있어 봤자 결론은 어쩔 수 없다는 쪽으로 기울어버렸다. 좌절한 티를 덜 내면서 일을 하고, 퇴근해서는 글쓰기 숙제를 하는 사람들은 무심코 직장 이야기가 끼어들까 봐 차단기를 내리고 썼다. 밥벌이 이야기는 억울하고 서러운 감정이 목까지 차올라야 겨우 쓸 수 있는 주제였다.

"민원서류 접수가 밀리는데 어떻게 하면 좋을까?"

직장 상사는 반대방향으로 님에게 물었다. 업무에 능숙하지 않은 새 팀원을 도와줄 겸 모두가 나눠서 일하면 좋겠다고 대답했다. 상사가 원하는 정답은 그게 아니었는지, 화를 냈다. "그러니까 못 하겠다 이거지? 됐어!" 반대방향으로 님은 동료들이 자신을 차갑게 대한다고 느꼈고 해결 방법은 하나뿐이라고 판단했다. 그는 상사에게 사과하고 밀리는 업무를 맡았다. 복잡한 심경은 시간이 한참 지나고서야 글로 쓸 수 있었다.

"내가 이 이야기를 꺼내지 못한 이유는 우리 조직이 원래 이런데 그동안 나만 몰랐던 것 같아서다. 어쩜 10년이라는 짧지도 않은 세월을 이 정도 눈치도 없이 살아온 걸까? 자책과 반성이 꼬리에 꼬리를 물다가 내 생각과 행동이 전부 틀린 게 아닐까 하는 거대한 의심의 함정에 빠지기도 했다."

단체 메시지방 사람들은 반대방향으로 님의 글에 실시간으로 호응했다. 먹고살기 위해 직장에 다니지만, 생계 너머로 보람과 기쁨을 느끼고 싶은 사람들은 속이 부글부글 끓었겠다며 다

독여주고, 그래도 할 말은 했다며 칭찬해주고, K-직장인 누구나 겪는 일이라며 공감해줬다. 일터 이야기를 주로 책으로 보고 배운 나는 김유원의 『불펜의 시간』에서 읽은 한 문장을 말했다.

> 상사들은 자주 이중적으로 말해요. 그게 무슨 의미인지 파악하는 건 부하 직원들의 몫이죠. 근데 생각보다 간단해요. 무슨 말인지 모르겠으면 옳고 그름보다는 성과가 나는 방향으로, 그 말을 한 상사에게 유리한 쪽으로 생각하면 돼요. 그래도 모르겠으면 직접 물어보는 편이 좋고요. 그럴 땐 말귀를 못 알아듣는다는 평가는 각오해야겠죠.

한때 나는 글감을 늘 밥벌이 바깥에서만 찾으려고 했다. 먼 곳에 도착해서 보고 들은 것도, 잠깐 이야기를 나눈 사람들 이야기도 공들여 썼다. 내 삶의 많은 부분을 차지하는, 주춧돌 같은 글쓰기 수업 이야기는 오려내려고 했다. 내가 하는 일이 나를 먹이고 보살펴주고 활력을 주고 한 사람의 사회인으로 인정받게 해줬다는 것에 뒤늦게 고마워했다.

일하는 이야기를 삭제하면 자신을 설명할 3분의 1의 시간이 사라져버린다. 그래서 아침부터 저녁까지 일터에서 겪은 이야기를 쓰라고 권했다. 치통, 생리통을 가라앉히는 해열진통제처럼 효과가 바로 나타나지는 않았다. 나는 띄엄띄엄 『저 청소 일 하는데요?』, 『나는 그냥 버스기사입니다』, 『경찰관속으로』 등을 추천했다.

사람들은 아니꼽고 너무 하기 싫었던 밥벌이를 기록하다가 인식조차 못 하고 지나간 순간의 웃음, 보람, 성취감이 슬로모션 화면처럼 느리게 재생되는 걸 경험했다. 잠깐만 하다가 그만두려던 직장에서 20년 넘게 일하는 건 월급과 연금 때문만은 아니었다. 일의 가치를 알았고, 사명감을 느꼈고, 존경할 만한 선후배를 만났고, 사람 대하는 태도를 길렀다.

글쓰기 수업에 오는 사람들은 복지관, 청소년 상담소, 작은 회사, 공공기관, 학교, 유치원, 음악 카페, 가전·가구점, 학원, 방과 후 교실, 카페 등에서 일한다. 글쓰기 수업이 아니었다면 같이 모일 수 없는 구성원들이다. 월세 때문에 전전긍긍한 마음이 드러나고, 부서 직원끼리 점심을 같이 먹어야 하는 직장 문화의 갑갑함을 털어놓고, 최저 시급 이상 받아본 적 없는 월급 이야기가 등장한다.

그레이 님은 대학 입시 끝나고 편의점 야간 아르바이트생이 되었다. 방 청소도 하지 않던 그는 사람들이 술 마시고 정리하지 않는 야외 테이블을 치웠다. "계좌 이체 왜 안 돼?" 무작정 소리 지르는 손님에게, "(알아서)담배 하나 줘!" 아르바이트생에게 독심술을 요구하는 손님에게, 빨리 결제하라며 카드를 휙 던지는 손님에게도 공손하게 응대했다.

밖에서 보면, 손님 없을 때 책을 읽거나 쓰고 싶은 글을 머릿속으로 구상할 수 있는 편의점 아르바이트가 쉬워 보인다. 세상이 만만하지 않다는 걸 알려주고 싶은지 반말만 하는 손님이 아직도 많다. 그레이 님은 세상의 모든 밥벌이처럼 고단한 편의점에서 오후 4시부터 오후 11시까지 일한다.

친구들과 가족을 만나면 먼저 계산하는 사람이 되고 싶어서 무작정 경리로 취직해 7년째 하는 일, 3개월짜리 계약직이면서도 직장을 진짜로 좋아하게 된 마음, 서로 잘 통하면 친구지 직장 동료겠냐며 관계에 선 그은 이야기도 쓴다. 우리는 일에 대한 글을 읽으며 당사자만이 쓸 수 있는 이야기의 힘을 알아간다. 자기 일에 대해 함구했던 사람도 글쓰기 수업과는 영 다른 표정으로 버티는 직장 이야기를 쓴다.

울면서도 써야 하는 이야기

최근 10여 년 동안 식욕을 완전히 잃은 건 두 번뿐이었다. 처음에는 그러는 게 당연했다. "남자가 부엌에 들어가도 꼬추가 떨어질 일 없다."며 젊은 시절부터 세상을 떠나기 며칠 전까지 밭을 일구고 밥상을 차렸던 시아버지가 돌아가신 날이었다. 식구들은 오전 6시에 아버지 임종을 지켜보고 병원에서 장례식장으로 갔다. 친척 어른들은 조문객들 오기 전에 뭐라도 먹어야 한다며 우리를 밥상으로 끌고 갔다. 아버지가 돌아가셨는데 먹어야 한다니. 목멘 나는 화장실에서 한참 동안 있었다.

내가 두 번째로 입맛을 잃었을 때 식구들은 이해하는 척했다. 미용사가 머리를 너무 짧게 잘라버린 날이었다. 당황한 미용사는 스타일을 살린다며 자잘한 구르프를 써서 파마를 말았다. 슬픈 예감은 빗나가지 않았다. 거울 속에 보이는 사람은 내가 아니었다. 뽀글뽀글 머리를 고수하는 60대의 우리 엄마였다.

세상일에 미혹되지 않는다는 불혹이 넘었는데, 나는 '아줌마 파마'가 주는 강렬한 충격을 고스란히 흡수해버렸다. 아파트 주차장에 도착했을 때부터 눈물이 쏟아졌다. 중학생이던 큰애는 며칠만 지나면 괜찮을 거라고 야구 모자를 씌워줬다. 유치원 다니던 둘째는 포도 푸딩과 파우치 요구르트를 쟁반에 받쳐 들고 와서 권했다. 소파에 누운 나는 꿈쩍할 수 없었다. 둘째 아이는 남편이 퇴근하자 현관 앞에서 속삭였다.

"아빠, 그냥 엄마 예쁘다고 그래."

머리 길이에 따라 파워가 달라지는 삼손도 아니면서 기운을 차리지 못했다. 활력을 되찾기 위해 머리 빨리 기르는 법을 검색했다. 단백질과 미네랄 섭취를 많이 하라고 나와 있었다. 먹는 게 힘들었다. 잠을 많이 자라고도 했다. 자다가도 일어나서 거울을 봤다. 어쩔 수 없이 '야한 생각을 많이 하라.'는 민간요법에 기댔다. 치성 드리는 태도로 『채털리 부인의 연인』을 읽었다.

깡양 님의 탈모는 스물여섯 살에 시작됐다. 앞머리 라인부터 머리카락이 빠졌다. 불안하고 무서웠다. 티 안 나게 넓은 머리띠를 하고 직장에 나갔다. 탈모 치료를 받아도 얼마 안 가서 최악에 이르고 말았다. 깡양 님은 우리나라에서 가장 좋다는 대학병원으로 갔다. "발병 시기와 호전 정도를 볼 때 회복은 어렵습니다." 의사는 폭발적인 스트레스로 면역체계에 이상이 왔다는 진단을 내렸다.

깡양 님은 민머리를 숨기기 위해 가발을 쓰고 출근했다. 마당에 내걸고 옥수수를 찌는 가마솥처럼 가발 속 머리가 자글자글 끓어오르며 뜨거운 김이 났다. 한 번씩 화장실에서 문을 잠그고 잽싸게 가발을 벗었다. 아무런 희망 없이 가라앉힌 열기는 열전도율이 높은 팬처럼 금방 달아올랐다. 무더위가 누그러져도 괴로웠다. 건들바람이 불어와도 흐트러지지 않게 고정된 가발은 사람들의 시선을 의식하게 만들었다.

집안 형편이 기울어 식구들과 지내는 원룸형 아파트. 사직서를 낸 깡양 님은 집에 틀어박혔다. 몇 달 앓는 동안 사무치게 그리운 건 머리에 따스하게 내려앉는 볕, 개운하고 보드랍게 감싸주는 산들바람, 아무렇지 않게 사람들과 어울리던 일상이었다. 깡양 님은 살기 위해 용기를 냈다. 가발을 쓰고 카메라를 들고 밖으로 나갔다. 더위와 습기, 불어오는 바람에 맞서며 아름다운 풍경 사진을 찍었다.

"삶의 끝자락에 한 줌의 재가 될 때까지 변함없이 사랑할게."

함께 사진 동호회 활동을 하는 후배가 청혼했다. 깡양 님은 골룸 같은 자신의 모습을 드러내고 싶지 않아서 마음을 꽁꽁 싸맸다. 하지만 지구에서 384,000km 떨어진 달의 영향을 받아 해수면이 높아지는 바다처럼 그 남자 쪽으로 이끌렸다. 웨딩드레스를 입은 깡양 님은 '죽는 날까지 머리만은 보여주지 않겠다.'고 혼자서 맹세했다.

단둘이 사는 집에서 영원히 감출 방법은 없었다. 무더운 여름밤, 남편에게 등 돌리고 누운 깡양 님은 숨죽이며 수건의 매듭을 풀었다. "자기야, 예쁜데 왜 그래. 그동안 정말 힘들었겠구나." 남편은 깡양 님을 꼭 껴안으며 다독였다. 그 순간, 깡양 님은 가늘고 뾰족한 주사기가 두피를 파고들던 고통을 잊을 수 있었다. 지난날의 상처에서 벗어나라며 괴력이 솟구치는 것 같았다.

엄마가 되고 싶은 깡양 님은 탈모 치료를 중단했다. 주사도 맞지 않고 스테로이드 약도 먹지 않으니까 아기가 찾아왔다. 신기하게도 머리카락이 조금씩 돋아났다. 솜털같이 가늘고 힘없는 모발이 났다가 빠지고 나면 굵은 머리칼이 듬성듬성 두피를 뚫고 올라왔다. 깡양 님의 배 속에서부터 머리카락을 선물해준 아기는 건강하게 태어났다.

깡양 님은 보통의 양육자처럼 아기를 업어줄 수 없었다. 손에 닿는 물체를 입으로 가져가려는 아기가 가발을 잡아당길까 봐 조마조마했다. 아기가 자라 말문이 트이고 나서는 다른 사람들에게 엄마의 '비밀 머리'에 대해 말할까 봐 마음을 졸였다. 아이는 "이건 너만 알아."라고 시작하는 말을 누구에게도 하지 않았다. 깡양 님은 첫째와 꼭 닮은 둘째 아기도 낳았다. 병원 다니며 적극적으로 탈모 치료를 받을 때와는 비교도 안 되게 두피에 머리카락이 차올랐다.

"예쁘게 하고 와. 축하해."

남편은 10년 만에 미용실 가는 깡양 님을 배웅했다. 미용사는 어떤 머리를 하고 싶냐고 물었다. 원하는 선물을 받은 어린아이처럼 팔짝팔짝 뛰고 싶은 깡양 님은 웨이브가 살짝 들어간 평범한 스타일을 선택했다. 어린 둘째가 머리카락을 잡아당겨도 얼마든지 괜찮았다. 남편은 주말마다 도시 외곽으로 가서 두 딸과 아내 사진을 찍어주었다. 똑같이 머리를 기르고 반달 모양 눈매로 웃는 세 여자의 머리카락은 어깨 아래로 내려와 있었다.

가발을 벗고 나니 새로운 인생이 펼쳐졌다. "작가가 되고 싶었어." 깡양 님은 불쑥 튀어나온 자신의 내면 아이를 데리고 글쓰기 수업에 왔다.

유쾌한 소재로 시작해도 모든 글은 고통스러운 어느 한때와 맞닿아 있었다. 집으로 몰려온 낯선 남자들은 돈 될 만한 것들을 모조리 끌고 나갔다. 거기에는 깡양 님이 아끼는 피아노가 있었다. 사투를 벌이듯 고단하게 사는 어머니가 보였다. 아무 도움도 되지 못해서 미안하다고 괴로워하는 오빠도 있었다. 그때마다 눈물을 쏟으며 쓴 깡양 님의 글은 생생했다.

흘러넘치기 위해 글쓰기의 가장자리로 몰려드는 아픔이 보이는 글이었다. 나는 첨삭을 하다가 볼펜을 놓고 운 적도 있다. 원형의 상처와 대면하는 게 괴로워도 깡양 님은 용기를 잃지 않고 나아갔다. 마음속 서랍에 봉인해둔 고통을 하나하나 끄집어내서 글을 썼다. 글쓰기 수업 동료들도 깡양 님을 북돋았다. 서러움이 쏟아져 나오는 수도꼭지를 잠그라고 하지 않았다.

상처 입은 뒤에 올라온 딱지 같은 지난날은 떼어내면 또 피가 났다. 깡양 님은 딸아이 달래듯이 아픔을 어루만지며 썼다. 쉴 새 없이 들고나는 파도 같은 글쓰기는 깨진 병 조각 같은 상처를 마모시켰다. 깡양 님은 손바닥을 쫙 펴서 글쓰기로 동글동글하게 빚어진 상처를 올려놓았다. 읽고 공감해주는 사람이 있으니까 반짝이는 것 같았다. 7개월간의 글쓰기 수업이 끝나는 날, 깡양 님은 조금 떨면서 말했다.

“사람들이 저에 대해 아는 것이 두려웠어요. 제 아픔과 상처를 알게 될까 봐 불안했죠. 하지만 글을 쓰면서 사람들에게 저를 보여주는 것이 더 이상 두렵지 않아요.”

누구에게나 울면서도 써야 하는 이야기가 있다. 글을 쓴다고 갑자기 문제가 사라지지 않으니까, 들여다볼수록 힘이 빠지고 괴로우니까 대개는 그만둬버렸다. 붙들고 앉아서 한 문장씩 쓰는 사람은 불어난 개울물에 허우적거리는 내면의 자신에게 긴 막대기를 던져주었다. 온몸이 젖은 채로 물가로 나와 떨며 흐느끼는 자신에게 시간을 주었다. 다그치지 않고 기다려줬다.

글쓰기는 퀵서비스처럼 결과물을 현관 앞까지 배달해주지 않았다. 악천후를 각오하고 혼자서 걸어가는 사람에게만 저 너머에 무언가가 있다고 암시해주었다. 변덕까지 심한 글쓰기는 볕이 따갑다며 나무 그늘이 되어주다가도 땅거미 내려앉은 황량한 벌판에 그냥 세워두고 가버렸다.

사람들은 눈물을 쏟으면서 쓰고 고쳤다. 고통을 끝까지 파고들면, 자신의 감정을 오롯이 지키는 힘이 생겼다. 타인에게 휘둘리는 일이 줄어들었다. 현실은 바뀌지 않아도 글 쓰는 자기 자신은 달라졌다. 글쓰기 이전의 세계로 돌아갈 이유가 사라졌으므로 날마다 쓰는 사람이 되었다.

배시시 웃게 하는 이야기

좋아한다 사랑한다는 말 앞에서 사람들은 일단 숨죽인다. 보이지 않는 감정이 어떻게 움직였을까를 상상해본다. 먼지처럼 눈에 안 띄는 이 고즈넉한 동사들은 동질감을 공유하는 사람과 접속하면 파란 불꽃을 일으켜 이야기를 만든다. 음식, 책, 영화, 여행, 풍경, 아티스트, 드라마 등이 살아 숨 쉬며 사람 사이를 오간다.

나는 오래도록 드라마를 즐겨 보지 않았다. 끝날 때까지 빼먹지 않고 시청하는 게 부담스러워서 파다하게 입소문이 나면 뒤늦게 결말만 찾아보는 편이었다. 그런데도 동생 지현은 꾸준히 드라마를 추천해주었다. "재미없기만 해!" 성의를 보이기 위해 텔레비전을 켠 어느 밤, 20여 분 안 걸려서 드라마 「궁」에 입덕했다.

행운도 따라줬다. 초등학교 입학을 앞둔 큰애가 학교생활을 배우기 위해 1박 2일 캠프에 갔다. 밤새 1화에서 6화까지 본 나는 가슴이 아렸다. 처음부터 본방사수 못한 게 억울할 정도였다. 드라마 팬카페에 가입하고, 미처 눈치채지 못한 주인공들의 심리를 알기 위해 드라마 리뷰를 읽고, 방송사 홈페이지에서 다시보기를 했다.

버지니아 울프 식으로 표현하자면, '되도록 많은 자유와 자기를 잃지 않는 경제력'을 주는 내 일을 좋아하고 있었다. 하기 싫어서 펄쩍펄쩍 뛰며 원초적으로 운 적도 없었다. 그러나 드라마 한 편 때문에 일상의 균형은 흔들리고 엉켰다. 무슨 일이 있어도 해야 하는 밥벌이가 힘들었고 밤이 깊어질수록 눈이 초롱초롱해지는 아이를 재우는 일도 귀찮았다.

먹고 자는 시간마저 아까웠다. 금요일, 토요일, 일요일에는 복습하듯 이미 본 드라마를 시청하고 월요일과 화요일에는 너무나 흡입력 있게 드라마를 분석해놓은 글을 찾아다니며 읽었다. 그걸로는 성이 안 차서 동생 지현과 둘이 노는 인터넷 카페에 시때 없이 글을 올렸다. 주인공들의 사랑을 막는 '빌런'의 뒷담화도 썼다.

수요일과 목요일 밤에 본방이 끝나면 '외롭고 갇혀 있는 듯한 느낌'이라는 주인공의 마음에 대해서 서너 시간씩 동생 지현과 전화 토론을 했다. 감정선이 폭발한 장면을 수십 번씩 얘기하고 키스신에서는 주인공으로 빙의한 듯 수줍어했다. 전화 끊고 나서는 인터넷을 켜고 드라마를 또 봤다. 어느새 아이 학교 보낼 시간이 되었다.

드라마 폐인에게 가장 필요한 건 '짐승 같은 체력'. 갖추지 못하고 시작한 나는 점점 멍해졌다. 밥벌이와 육아는 그럭저럭 해냈지만, 푸딩처럼 말랑말랑했던 일상은 누군가 커다란 숟가락으로 푹 파내버린 것 같았다. 일상으로 돌아갈 날만 기다리는 내 속도 모르고 동생 지현은 환호했다. 드라마 제작진이 20부작에서 4회 연장을 결정했단다.

종방과 동시에 내 생활을 찾을 거다, 호수공원의 윤슬을 보며 산책할 거라고 결심했던 나는 순순히 현실을 받아들였다. 여전히 먹고 자는 일에 소홀한 채로 드라마를 봤다. 덕분에 12년 뒤, 그룹 신화 멤버 김동완 씨를 좋아해서 한국어를 공부하고, 콘서트를 보기 위해 서울에서 며칠씩 머물고, 인천국제공항 서점에서 내가 쓴 『소년의 레시피』를 구입한 기쿠치 미유키 씨와 친구가 되었다. 우리 동네까지 찾아와준 일본인 친구의 열정을 존경하면서 진심으로 반길 수 있었다.

"엄마도 BTS 팬 하면 안 돼? 친구네 엄마는 같은 BTS 팬이라서 뭐 사달라고 하기도 전에 주문해놓는대."

한날 님은 K팝을 좋아하는 딸아이 덕분에 일찌감치 방탄소년단을 알고 있었다. 식구 셋이서 여행 갈 때면 딸아이가 선곡한 노래를 몇 시간씩 들으면서도 마음이 동하지 않았다. 오히려 딸아이에게 자신이 좋아하는 작가의 책을 같이 읽고, 좋아하는 뮤지션의 노래를 같이 듣자고 대꾸해서 아이 마음을 상하게 한 적도 있었다.

철옹성 같던 한날 님의 마음은 빌보드 '핫100'에서 1위를 한 「다이너마이트」를 듣고 폭삭 내려앉았다. 멤버들 한 명 한 명이 선명하게 보였고, 노래하는 목소리가 가슴에 와서 박히는 경험을 했다. 한날 님은 순식간에 딸아이보다 더 열렬한 팬이 되었다. 방탄소년단의 역사를 끌로 파서 새기듯이 공부하며 노래를 들었다.

"내 숨 내 걸어온 길 전부로 답해."

설거지하던 한날 님은 방탄소년단의 「Answer: Love Myself」 노래 한 소절에 눈물이 핑 돌았다. 빛나는 한 시절을 송두리째 쏟아부었던 공부와 아무 상관없는 일을 하며 작은 도시에 사는 일상은 때로 그를 짓눌렀다. '그 일을 포기하지 않았다면 지금쯤 전문가가 되었겠지.' 영원히 갚지 못할 빚을 진 사람의 심정이 됐다.

방탄소년단의 노래는 지나간 모든 시간이 쌓여서 오늘의 한낱 님을 있게 한 거라며 어루만져주는 듯했다. "그저 날 사랑하는 일조차 누구의 허락이 필요했던 거야."에서 위로받았던 한낱 님은 같은 아티스트를 좋아하는 사람들을 찾아내 교류했다. 나이 차와 상관없이 잘 통하는 이야기가 주는 기쁨을 만끽했다.

"제가 아미(방탄소년단 팬)예요. 아미 중에는 진짜 깜짝 놀랄 정도로 제 주변에서 볼 수 없는 직종과 능력치를 가진 사람들이 많아요. 저도 멋있는 아미가 되고 싶어요. 히히. 지금 이 자리에서 뭔가 해내는 사람이요. 그래서 글을 써요. 출판사와 계약해서 책도 펴내고 싶고요."

한낱 님은 자신의 이야기를 그러모아 노래하는 방탄소년단 덕분에 힘을 얻었다. 그는 방탄소년단을 좋아한 뒤로 하고 싶은 이야기를 당당하게 쓴다. 읽고 나면 따뜻해지는 에세이와 딸아이 또래가 읽는 청소년 소설도 쓰고 싶다. 무심코 지나친 일들도 유심히 보며 생각을 확장시킨다. 좋아하는 아티스트에 걸맞게 꾸준히 쓰는 사람이 되고 싶다.

회사 임원까지 지낼 거라고 장담했던 황부장님은 이전하는 회사를 따라서 낯선 도시로 혼자 이사 왔다. 아는 사람 한 명 없는 도시에서 마음을 열어 산책하고 친구를 사귀었다. 깨어 있는 시간의 대부분을 회사에서 보내는 삶에 의문을 품었고, 다르게 살 수 있을 것 같아서 사표를 썼다. 손에 쥔 퇴직금으로 도시 구석구석을 탐색했다.

"대략 8개월에 걸쳐 40여 군데의 땅을 보러 다닌 결과, 집에서 자동차로 20분 거리에 적당한 땅을 살 수 있었다. 마트에서 햇반이나 사던 내가 땅을 다 사다니 뭔가 대단한 거를 이루어낸 거 같다. 안 될 것도 같았지만 달려드니 되는 게 신기했다. 말로만 듣던, 생산수단을 소유한 부르주아가 된 것이다."

밭농사는 회사 업무와는 다른 차원의 일이었다. 모든 것을 새로 익히면서 뜻하지 않게 '농협 투어'를 했다. 비료 구입은 은행 업무 보는 농협 말고 농자재 농협에서, 퇴비는 면사무소에 신청하고 퇴비 업체를 거친 뒤에 어찌어찌해서 또 농자재 농협에서, 배추 모종은 육묘장 농협에서 구할 수 있었다. 황부장님은 다음 해 농사를 잘 짓기 위해 영농일지를 썼다.

밭을 샀을 때부터 2시간 거리에 사는 부모님이 출퇴근하셨다. 직장 상사도 없고 야근을 하지 않아도 되는 밭에서 부모님과 보내는 시간은 그대로 추억이 되었다. 일한 뒤에 세 사람이 밭에 둘러앉아 먹는 음식은 각별하게 맛있었다. 황부장님은 귀하고 따스한 순간순간을 사진으로, 섬세한 감정을 불어넣은 글로 남졌다.

밭에서 처음 수확한 작물은 감자. 황부장님은 감자 줄기를 걷어내고 호미로 흙을 살살 긁어낸 다음에 씨알 굵은 타원형의 감자와 대면했다. "안녕, 감자!" 알아서 혼자 잘 큰 게 대견하고 감사해서 인사를 건넸다. 고구마, 상추, 콩, 배추, 무도 수확할 때마다 불러주며 밭 주인의 마음을 전달했다.

황부장님은 아침부터 오로지 삼겹살만 먹을 수 있는 사람. 상추 씻는 것도 귀찮고, 쌈을 쌀 때 손에 생기는 물기가 식욕을 떨어뜨린다고 생각했다. 밭농사는 혁명이었다. 거의 50여 년간 굳어진 황부장님의 식습관을 삭제해버렸다. 황부장님은 씻은 상추를 식탁에 올려두고 비스킷처럼 집어 먹었다. 뜯을 때 툭! 하며 싱그러운 향을 선사한 상추는 며칠 만에 처음처럼 자라나서 황부장님을 감동시켰다.

밭농사에는 마력이 있었다. 황부장님에게는 밭일하다가 웃는 부모님의 모습이 밀레의 「만종」보다 더 명작 같아 보였다. 들판에서 팔순 넘은 부모님과 저문 해를 바라볼 때 가슴이 꽉 차올랐다. 황부장님은 최소한의 밥벌이만 하는 프리랜서. 밭을 가꿀 수 없는 겨울에는 가르릉거리며 파고드는 고양이 두 마리와 봄을 기다린다. 부모님과 함께 밭에서 씨를 뿌리고 심고 키우고 수확해서 나눠 먹는 행복을.

생각만 해도 배시시 웃음 나게 하는 존재에 대해서는 저마다 말하고 싶어 한다. 영원한 건 없으니까 붙잡아두고 싶어 한다. 그래서 나는 큰애와 작은애가 건네는 엉뚱하고 웃긴 말을 메모장에 채집했다. 때로는 에세이로, 때로는 동화로 기록해두었다. 어느 날부터는 몸살 난 것처럼 열이 오르며 좋아하는 아티스트에 대해서도 실토하고 말았다.

대상에 애정을 기울이면 확실히 잘 쓰게 된다. 마음속에 들어와 떡하니 자리 잡은 것들, 너무 좋아서 신음하듯 '으흐흐흐' 웃게 만드는 존재들을 떠올려보자. 좋아한다 사랑한다는 말에는 가속도가 붙는다. 공기처럼 형태가 보이지 않는 이 동사들은 결국 자기 자신과 맞닿아 있다.

자기만의 시각을 가지면 달라지는 이야기

글쓰기 수업을 마치고 나면 밤 9시. 야근의 고단함은 소파에 누워서 좋아하는 아티스트의 영상을 보며 풀었다. 내가 누리는 최대치의 행복은 허망하게 깨졌다. 초등학교 6학년인 둘째 아이가 가내수공업을 시작한 뒤부터다. 반백 살 넘은 남편과 사회복무요원으로 국방의 의무 중인 큰애도 '거실 공장'에서 노역을 했다.

작업대에는 형형색색의 색종이로 접은 완제품이 쌓여 있었다. "6학년이 무슨 딱지를 치냐고요!" 나는 투덜거리면서도 작업장에 합류했다. 딱지 100여 개를 갖고 등교해서 고수들에게 절반 넘게 털리고 오는 둘째는 생산량에 집착했다. '저녁이 있는 삶'을 포기하고 후방 지원을 맡은 식구들은 품질 향상에 몰두했다. 아귀가 딱딱 맞게 접을수록 승률을 높일 수 있으니까.

딱지를 하도 많이 접어서 왼쪽 손목이 시큰거렸다. 파스를 붙인 나는 부상을 핑계 삼아 작업장에서 발 빼려고 했다. 단순노동에 싫증 난 큰애는 동영상 사이트에서 스페셜 딱지 접는 콘텐츠를 발견했다. 모양이 다양해서 재밌어 보였다. 우리는 영상에서 보여주는 순서대로 딱지를 접었다. 똑같은 생산 공정을 거쳤는데 조금씩 다른 모양이 나왔다. 미술 시간에 똑같은 아그리파 석고상을 보고 그려도 자기 관점에 따라서 각각의 작품이 나오던 것처럼.

누가 시킨 것도 아닌데, 나는 혼자서 글쓰기를 해왔다. 어려서부터 글을 보는 관점은 '재미'였다. 그늘진 이야기에도 순간순간 볕이 들고 웃음이 스며들기를 바랐다. 먹먹해서 콧물을 훌쩍이다가도 피식 웃을 수 있는 글을 쓰고 싶었다. 어쩌다 내 유머를 알아봐준 댓글을 발견한 날에는 단박에 50cm 정도 점프할 만큼 신이 났다.

글쓰기에 대한 세계관이 확장된 날은 2014년 8월 15일 광복절이었다. 그날 광화문에서는 '세월호 특별법 제정을 위한 범국민 대회'가 열렸다. "내 아이가 왜 죽었는지 진실을 알고 싶다."며 며칠이고 노숙하는 부모들에게 힘이 되고 싶었다. 서울 가는 버스 옆자리에는 20여 년 넘게 알고 지내는 선배가 앉았다.

나는 선배에게 세상에 내보내지 않은 글 한 편을 보여줬다. 독일 오스나부뤼크 시립 오케스트라 상임 지휘자 송안훈 씨 이야기였다. 대한민국의 지방 도시 외곽에 살던 그는 지휘자가 되는 게 꿈이었다. 스물네 살 봄에 난생처음 비행기를 탔다. 침낭과 돈 150만 원을 들고 프랑크푸르트 공항에 내린 안훈 씨가 할 수 있는 독일어는 인사말뿐이었다.

간절하게 바란다고 원하는 세계에 닿는 건 아니다. 평범한 사람도 영웅처럼 온갖 역경을 견디며 전진해야 한다. "한국인입니까?" 이역만리에서 고생길에 접어든 안훈 씨에게 처음 보는 독일 노신사가 물었다. 6·25 전쟁에 참전해서 한국 사람의 도움을 받았다며 몇 달간 독일어를 가르쳐줬다. 빠르게 언어를 익힌 안훈 씨는 세계적인 음악 학교에서 박사 학위를 받고 지휘자가 되어 100회 넘는 오페라 공연을 이끌었다. 14년 만에 이룬 성취였다.

"지영, 이런 분들 열 명쯤 인터뷰해서 우리 도시에서 고등학교 졸업하는 학생들에게 나눠주면 좋겠다!"

글을 읽은 선배는 제안했다. 나는 선뜻 대답하지 못했다. 그날 청와대로 가는 길은 막혀 있었다. 어떤 이야기도 듣지 않겠다는 듯 버스로 바리케이드를 꼼꼼하게 쳐놓았다. 마치 1980년대 처럼 자식을 잃은 부모들이 대열의 맨 앞에 서서 전경과 대치했다. 경기도 안산에서부터 엄마 아빠 손을 잡고 2박 3일간 걸어온 어리디어린 유가족도 있었다. 가슴에서부터 울음이 치받히는 광경이었다.

돌아오는 버스 안에서 어떤 글을 쓸 것인가 생각했다. 지방의 작은 도시에서 고등학교를 졸업하는 아이들에게 무슨 이야기를 들려주고 싶은가도 고민했다. 우러러봐야 하는 자리에 있어서 더 빛나 보이는 사람들을 주인공 삼고 싶지는 않았다. 누가 알아주지 않아도, 나고 자란 곳에서 자기 삶을 근사하게 꾸려가는 사람들의 이야기를 듣고 싶었다.

나는 인터넷에 검색해도 나오지 않는 청년들 이야기를 쓰자고 결심했다. 첫 번째 인터뷰이는 우리 동네에서 세탁소를 운영하는 청년이었다. 대형 마트에서 정규직 사원으로 일하던 그에게 기술을 권한 사람은 아버지였다. 청년은 손님이 없어도 밤 9시까지 가게 문을 닫지 않는 근성부터 익혀야 했다. 아버지에게 도제처럼 기술을 배워 독립했다.

다산 정약용 선생은 전남 강진의 유배지에서도 아들들에게 보고 듣고 겪을 게 많은 '한양 사대문 안'에서 살라는 편지를 썼다. 200여 년이 흐른 지금, 우리나라 인구의 절반은 수도권에 산다. 그러나 내가 만난 청년들은 농사를 짓고, 가업을 이어 철물점과 꽃집과 빵집에서 일하고, 거리에서 마술 공연을 하고, 장애인들을 위한 수중 물리치료사가 되고, 학생들이 따르는 수학 교사가 되고, 다큐멘터리에서나 볼 수 있는 숲 유치원을 열었다. "어떻게 살고 싶으세요?"라는 질문에 사회적 통념을 따르며 살 생각은 없다고도 했다. 덕분에 나는 『우리, 독립청춘』이라는 첫 책을 펴냈다.

글쓰기 수업을 같이 한 사람들은 서로의 처지에 맞게 독서 모임을 꾸렸다. 그 속에서 또 80일간 『명심보감』 필사를 했다. 그러더니 시를 필사하고 그림을 입혀서 엽서를 만들었다. 달마다 무료 급식소에서 시화 엽서 300여 장을 나눠드리기로 했다. 그곳에서 오래 일했다는 영양사 선생님이 먼저 반겼단다.

"도시락으로 배고픔을, 시화 엽서로 마음의 양식을 채워서 우리 수혜자들도 오늘만큼은 행복할 거예요."

포장 도시락 위에 끼워진 시화 엽서를 받아 든 사람들은 연애편지를 읽은 것처럼 요동쳤다. "내가 사랑받고 있다고 느껴지네. 너무 큰 감동이고. 아이고, 나 눈물 나네." 도시락을 먹지도 않고 시화 엽서의 한 구절 '꽃이 되어 나에게 돌아왔네.'를 가만히 읊조리는 어르신도 있었다. 시를 읽어본 게 언제였는지, 다들 지난 세월을 돌이켜봤다.

쓰는 사람에게는 시화 엽서 나눔 발대식을 하고 급식소 봉사에 참여한 일도 놓칠 수 없는 글감이었다. 모니카 님은 이 특별한 일을 기획하고 진행한 과정을 썼다. 동백이 님은 아이들과 시화 엽서를 만들고 휴가 내서 급식소 봉사한 이야기를 쓰고, 문어 님은 오로지 자신을 위한 필사가 봉사로 전환되어 맛본 감격을 썼다. 같은 공간에서 같은 사람을 만나 같은 시간을 보냈어도 각자 다른 글을 썼다.

김치를 담가본 적 없는 19년 차 주부 한낱 님은 살림살이 잡지를 선호하던 10대 시절의 취향을 잃지 않았다. 아이 키우고 일하면서도 주방이 말 걸 때면 자신을 응시했다. 마트의 행사 사은품으로 모은 컵, 인생의 첫 사치품으로 산 빌레로이앤보흐 디자인 나이프 접시 한 장, 하기 싫어 몰아서 하는 설거지 이야기 등을 썼다.

한낱 님은 20대 시절에 '음식이 담기지 않은 비어 있는 그릇'을 공부하러 일본에 갔다가 꽃에 이끌려 플라워디자인학교를 다녔다. 도쿄의 작은 집에서 남편과 둘이 학업과 아르바이트를 병행했다. 4년 넘어가는 타국살이는 중력의 크기가 지구의 6분의 1밖에 되지 않는 달 같았다. 한낱 님 부부는 밤마다 한국에 돌아가서 두 발 딱 붙이고 살 일상을 그렸고, 가진 돈으로 살 수 있는 가장 좋은 그릇을 사 모아서 귀국했다. 지금은 생각지도 않은 서해의 작은 도시에서 전공과는 상관없는 일로 밥벌이를 하며 산다.

한낱 님이 공주 알밤을 삶다가 태워버린 바닥 3중 스테인리스 냄비를 버리지 않고 식초와 베이킹소다로 박박 닦는 이유는 그 냄비에 도쿄의 신혼 시절이 배어 있어서였다. 수저통으로 쓰는 해리포터의 버터비어 잔에서 인생 성공을 느끼는 건 해리포터를 좋아하는 딸아이를 데리고 오사카 유니버설 스튜디오의 '지붕 있는 레스토랑'에서 밥을 먹어서였다.

하늘빛에 따라 바다의 색깔이 달라지듯 글쓰기에 대한 관점은 바뀌기도 했다. 세계문학전집을 탐독하고 집안일할 때조차 오디오북을 끼고 사는 한낱 님은 한밤중 국도에서 고양이를 만난 것처럼 글쓰기의 브레이크를 잡았다. 자신이 쓰는 '주방 표류기'가 너무 소품 같다고 느껴서였다. 나는 한낱 님에게 영화 「작은 아씨들」의 한 장면을 얘기해줬다.

"가정에서 벌어지는 이야기에 누가 관심을 두겠어?"

"그런 글을 안 쓰니까 하찮게 보는 거지. 자꾸 써야 중요해지는 거야."

한날 님의 주방 표류기는 시즌2로 넘어갔다. 덴마크 도자기 제조업체 '로얄코펜하겐'에서 1908년부터 매년 한정판으로 만든다는 이어 플레이트(year plate). 한날 님은 식구들이 태어난 해에 만들어진 접시를 소장해서 기념하고 싶었다. 남편과 자신, 딸아이의 연도 접시를 구한 이야기를 흥미롭게 썼다. 티스푼을 뜨겁게 달궈서 쌍꺼풀을 만드는 중학생 딸아이가 베이킹을 한다며 부엌을 난장판 만든 이야기는 너무 사실적이어서 복장이 터졌다.

"결혼 전에 성관계는 절대 안 된다."는 가정교육을 받고 자란 마흔에도미인 님은 남자친구와 으슥한 골목을 골라 다니며 연애했다. 동네 아주머니들에게 "혼전 임신이지?"라는 의심을 받으며 낳은 큰딸이 대학 4학년, 둘째딸은 스무 살. 마흔에도미인 님은 딸들의 성적 자기 결정권을 인정하면서도 어쩔 수 없는 엄마의 마음을 글에 담았다.

남자친구와 통화를 마친 딸아이의 두 볼이 복숭아 빛처럼 볼그레 예쁘다.

"승아야, 남친이랑 뽀뽀했어?"

"당연하지."

내 곁으로 오더니 승아가 앞니를 보인다. 토끼 이빨처럼 툭 튀어나온 모양이 나하고 닮았다.

"엄마, 남자친구랑 뽀뽀하다 이가 조금 깨졌어. 혀끝에 닿는 느낌이 까칠까칠 이상해."

자세히 보니 앞니의 모서리 한쪽 끝이 깨져 있다.

"뭐가 급하다고 이가 깨질 정도로 했어? 천천히 하셔."

뾰로통 입술을 쭈욱 내밀더니 씨익 웃는다. 딸이 밉지 않다.

"승아야. 남자친구랑 재미있게 사귀는 것은 좋은데, 마음과 몸이 다치지 않도록 해. 항상 너를 소중하게 생각해."

"나도 다 알아, 엄마."

개뿔이나 알기는 뭘 알아? 이 엄마도 할머니가 그렇게 조심시켰어도 속이면서 할 거 다 했고만.

자기만의 시각을 가지면 글쓰기는 달라진다. 나는 우리 아이들에게 공부 잘하라는 말을 하지 않았다. 예체능처럼 적성에 맞아야 할 수 있는 분야라고 생각했으니까. 하고 싶다면서 농구, 축구, 태권도, 바이올린, 피아노, 미술, 주산, 로봇과학, 영어 등을 전전한 큰애는 고등학교 1학년 봄에 야자(야간자율학습) 째고 식구들 저녁밥을 차렸다.

큰애는 입시 공부를 하지 않았다. 정규 수업이 끝나면 텅 빈

운동장을 혼자서 걸어 나와 장 보고 요리하고 레시피 노트를 썼다. 우리는 맛있게 먹고 식탁에 그대로 앉아 음식이 나오는 책과 영화 이야기를 했다. 서로를 다시 알아가는 기분이 들어서 신기했다. 나는 아무것도 되지 않은 아이의 이야기를 『소년의 레시피』로 펴냈다.

하찮아서 지나친 것, 장막 뒤에 가려진 것을 볼 수 있는 시각이 글쓰기의 기본값이다. 누군가를 대신해서 말해주고 싶은 게 있는 사람이, 진심으로 축하해주지 못하고 쩨쩨하게 굴었던 마음을 부끄러워하는 사람이, 자신을 위해 쓰는 재미에 빠진 사람이, 더 좋은 세상을 아이들에게 주고 싶은 사람이 쓴다. 그날이 그날 같은 일상 속에서도 보고 듣고 생각한 자기만의 이야기를 쓴다.

10년 만의 결심, "여보, 우리 둘째 낳을까?"

난 이미 흔들릴 준비가 되어 있었다. 가끔씩 우리 제규의 결락이 눈에 띄었다. 형제자매 없이 자란 아이는 사소한 일로 말다툼을 하거나 몸으로 치고받으며 싸워볼 기회가 없었다. 또래들과 갈등을 겪으면 눈에는 눈물이 차올라서 그렁그렁해졌다. 눈물을 흘릴까 봐 눈에 힘주는 모습을 볼 때마다 마음이 복잡했다.

제규는 태어나서 24개월 될 때까지 지나치게 울었다. 나는 제규한테 전생에 일제 강점기 독립군이었다가 일본놈들한테 잡혀서 잠 안 자는 고문을 당한 거였느냐고 하며 같이 울었다. 퇴근하고는 아기 울음소리가 싫어서 도망치다가 마라톤에도 빠졌다. 용하다는 무당이 나를 세워두고 둘째를 낳지 않으면 내 삶은 한없이 불행해질 거라고 했지만 끄떡하지 않았다.

지난해 여름, 나는 한 방에 훅 갔다. 베이징 올림픽에서 금메달을 딴 선수들의 인터뷰가 나를 끌어당겼다. "4년은 금방 가요. 이제 런던 올림픽 준비해야지요." 그만큼의 시간이라면, 이 세상에 없던 한 존재를 내 몸에 품었다가 낳고, 젖 먹여서 키우고, 아이가 똥오줌을 가리고, 서로 말을 주고받을 수 있는 세월이었다.

고민하면 자신 없어질 게 빤했다. "아기 낳을까?" 남편에게 물었더니 10년은 젊어져 청년 같은 얼굴이 되었다. 무조건 좋다고 그랬다. 나는 당장 산부인과에 가서 풍진 항체 검사를 했다. 서른일곱인 나이는 객관적으로 많은 편이었지만 친구들은 이제 첫 아기를 낳거나 알맞은 터울로 둘째 아기를 임신한 상태여서 노산이라는 걱정을 덜했다.

아기는 생각할 겨를을 주지 않고 바로 내게 왔다. 동생 낳아 달라는 말을 해본 적 없는 제규한테 어떻게 말해야 될지 고민하고 있는데 작은 시누이가 보낸 축하 꽃바구니가 와버렸다. 저녁밥 먹던 제규는 숟가락을 내동댕이치고 서럽게 울었다. 그 뒤로도 불러오는 내 배에 맞춰서 점점 크게 절규했다. "엄마, 우리 셋이서만 살자!"

그것 말고는 걸릴 게 없는 임신부 생활이었다. 아침밥을 꼭 차리는 남편은 같은 음식을 두 번 먹지 않게 약속이 많은 밤 시간에도 반드시 집에 들러 저녁밥을 챙겨주고 나갔다. 나는 오래오래 벼러온 결심을 행동으로 옮겨 재택근무자가 되었다. 10년 전 제규를 낳을 때처럼 출산 날까지 일하고 순산할 줄 알았다.

'블록버스터 출산대장정'의 길로 말려든 건 임신 28주째였다. 저녁밥 먹으려고 하는데 하혈을 했다. 병원에 갔더니 진통이 3분 간격으로 오는 중이라고 했다. 입원하고서 아기가 나오지 않게 자궁을 붙잡아주는 주사를 맞았다. 씻지도 않고 병실에서 누워서만 지냈는데도 닷새째 되는 날에는 3차 병원(대학 병원)으로 가야 한다고 했다.

그곳은 차원이 달랐다. 임신 16주부터 누워 지내는 임신부, 날마다 태반이 떨어져나가서 대소변조차 받아줘야 하는 임신부, 배 속의 아기가 더 이상 자라지 않는 임신부, 주기적으로 배에 작은 구멍을 내서 양수를 빼내야 하는 임신부…. 나는 임신성 당뇨에 철분 수치가 낮긴 했지만 배 속 아기는 1.2kg이니까 괜찮은 편이라고 스스로 다독였다. 먹히지 않는 위로였다.

아기의 상태가 어떤지 알 수 없어서 괴로웠다. 임신이 바로 될 줄 모르고 날마다 골프연습장(아기 심장에 무리 간다고 골프는 하지 말라고 한다)에 다녔고, 감기약을 먹은 적도 있었다. 산부인과에서 권하던 양수 검사도 하지 않았다. 회진을 도는 의사는 그저 최선을 다할 뿐, 아기의 건강은 장담할 수 없다고 했다.

병원 침대는 사람을 뒤숭숭하게 만드는 장치가 있는가. 꿈을 꾸면 항상 아기를 낳았다. 태어난 아기는 내 엄지손톱만 했다. 거기서 점점 작아져 눈송이만 해졌다가 흔적 없이 사라졌다. 소리도 못 내고 울면서 아기를 찾으러 다니다 깨보면 새벽이었다. 이 처참한 병원생활에 대한 복수는 건강한 아기를 낳는 것밖에 없다고 생각했다. 하지만 갈수록 자신이 없었다.

하루하루의 괴로움은 그날로 끝나지 않았다. 아기가 나오지 않게 도와주는 주사를 맞으면서 누워만 지내는데도 진통은 시도 때도 없이 왔다. 주사약 단계를 높이면 말이 어둔해지고, 똑바로 있으려고 해도 멍 때리게 되고, 싼 티 나는 쌍꺼풀이 생겼다. 조산을 막아주는 순한 주사약은 세 번까지만 보험 적용이 되고, 그다음부터는 80만 원이었다.

임신 34주째 되면 아기는 신체의 모든 기관을 완성한다. 폐만 빼고. 가장 늦게 완성되는 폐는 아기가 이 세상에 나와야지만 그 상태를 확인할 수 있다고 했다. 병원에서는 내일을 알 수 없는 임신부들에게 35주까지는 무조건 버텨보라고 강조했다.

병원생활도 길어지니까 일상이 되었다. 보고 싶은 아들 제규, 갑자기 떠나온 우리 집과 밥벌이, 봄이 왔는데도 꽃길을 못 걸어봤다는 불평 따위는 접었다. 한참 건너뛴 태교를 위해 우리 집에서 가장 긴 책인 『토지』를 끝까지 다시 읽었다. 아이팟으로 유쾌한 영화를 보며 웃기도 했다.

영원히 오지 않을 것 같던 임신 35주가 꽉 찼다. 나는 퇴원했다. 최대한 배 속에서 아기를 키우는 게 중요하니까 집에서도 누워 지냈다. 평범하게 하루하루를 보낸다는 것 자체가 충격적으로 좋았다. 식구들과 밥 먹고, 같이 누워 자는 게 통쾌했다. 아침에 제규와 남편에게 지각 좀 하지 말라고 잔소리하는 일상은 감격 그 자체였다.

임신 37주를 채우면 동네 병원에서 아기를 낳아도 된다는 희소식도 들었다. 그래서 홀가분하게 임신 말기 검사를 했더니 임신성 혈소판 감소증이었다. 혈소판은 피를 지혈시키는 기능을 하는 건데 아기 낳다가 지혈이 안 되면, 최악의 경우까지 고려해야 하므로 당연히 3차 병원으로 가야 했다. 부랴부랴 짐을 싸서 다시 대학 병원으로 갔다.

2009년 5월 11일, 특별한 때에는 고적전인 생활양식을 절대적으로 지키는 시누이들이 5월 11일과 5월 12일 오전 중에 아기를 낳으면 좋다고 날을 받아왔다. 만 10년 만의 출산은 초산과 같아서 아기 낳는 데 걸리는 시간은 대략 12시간. 병원에서는 촉진제 맞는 시간을 5월 12일 새벽 0시로 잡았다.

남편은 군산으로 돌아가서 일을 마치고 밤에 오기로 했다. 환자복으로 갈아입은 나는 우리 아기가 잘 있나, 진통이 올 만한가 심전도 검사를 받았다. 10분쯤 지났을까. 갑자기 내 코에 산소마스크가 씌워지고, 간호사들이 다급하게 주치의를 불렀다. 내 주위를 오가는 사람들 발자국 소리가 빨라졌지만 어떤 짐작도 하고 싶지 않았다.

이미 고속화도로로 들어선 남편의 차가 되돌아오는 데 걸린 30분 동안에도 상황은 좋아지지 않았다. 배 속 아기의 호흡은 희미해지고 있었다. 남편이 수술 동의서를 쓰자마자 나는 수술실로 옮겨졌다. 입원 기간 동안 긍정의 말은 별로 해주지 않아서 속을 후벼 파던 담당 의사는 내 손을 잡아주며 괜찮을 거라고 했다. 그 말은 진짜였다.

꺄뵤! 아기는 건강했다. 예정일보다 4주 앞당겨 수술해서 꺼냈지만 스스로 호흡했다. 미인이라는 뜻인 줄 알고 지었던 '얄리'라는 태명처럼 눈코입이 또릿또릿하고 잘생긴 미남 아기였다. 하늘에 대고 큰절이라도 올리고 싶었지만 24시간 동안 움직이면 안 됐다. 모든 것이 고맙고 기쁘고 좋았다. 나도 출산 뒤 뱃살 걱정하는 평범한 산모가 된 거다.

베이징 올림픽 국가대표 선수들이 한 말처럼 시간은 금방 갔다. '출산대장정'을 거쳐 태어난 아기는 기어 다니고, 잡고 선다. 서랍을 열어 형아가 아끼는 카드를 꺼내 휘지르고, 방바닥에 펼쳐진 형아 책을 빛의 속도로 기어가 빨거나 찢는다. 학교 갔다 오는 형아를 열광하면서 쫓아다니는 걸 보면, 아이들을 자라게 하는 이 세월이 참 좋다.

제규는 아기 태어나고 100일이 지나도록 일기장에 단 한 번도 동생 얘기를 쓴 적 없다. 저항하는 중이었다. 같은 학원 다니는 누나들한테 문자도 많이 받고, 핸드폰은 비밀번호까지 걸어놓고 자기만의 세계를 쌓아가면서도, 나보고 자기를 아기처럼 안아달라, 재워달라, 입혀달라, 사랑해달라고 들볶았다.

"아! 둘째를 너무 일찍 낳은 거야. 적어도 스무 살 터울은 둬야 했는데…."

한숨은 쉬고 있지만 10년 동안 외동이었던 제규 옆에 뉘어놓은 아기를 보면 기분이 좋다. 아기는 아직도 밤새 예닐곱 번씩 깨서 엄마 아빠한테 안아달라고 유격훈련을 시키지만 내 얼굴은 반짝반짝 빛난다. 아기 웃음소리가 듣고 싶어서 '쌩쇼'를 한다. 그러고 있는 나한테 제규는 너무나도 딱 맞는 말을 한다.

"엄마, 내일 모레 마흔 살인 거 잊지 말라고요."

나는 인정하기 싫어서 우긴다.

"왜 이러셔? 내년까지는 미모의 30대 여성이거든!"

3장

어떻게 쓸까

쓰는 사람에게만 보이는 문장 부호와 문단

선택 뒤에 따라오는 게 후회다. "오늘 점심 뭐 먹을까?" 날마다 갈림길이 나와서 금방 까먹을 수도 있고, 간절히 돌이키고 싶어서 곱씹는 경우도 있다. 한번 시작하면 7개월간 지속하는 글쓰기 수업, 나는 안 해도 되는 일을 벌이면서 들떴다. 첫 번째 수업 직전부터 한 후회를 4년째 간헐적으로 하게 될 줄 몰랐다.

글쓰기 수업에 오는 사람들은 어느 정도 글을 쓸 거라고 낙관했다. 그런데 모인 사람들의 편차가 좀 컸다. 초등 저학년과 고학년, 중학생과 고등학생, 곧 책을 펴낼 작가가 한데 모인 것 같았다. 자신이 했던 일만 나열해서 쓴 뒤에 읽지 않고 그대로 덮어버린 방학 일기 같은 글과 시간 들여 잘 다듬은 글을 같이 읽어나갔다.

처음에 걸리는 건 문장부호였다. 문장을 끝마치면 찍어야 하는 마침표가 없었다. 문장마다 친절하게 하나하나 찍어주다가 포기했다. 마침표의 존재 자체를 인식하지 않은 채로 쓴 글이 수두룩했다. 단체 메시지방에서 댓글을 주고받을 때, 업무용 문자를 보낼 때, SNS에 글을 올릴 때, 반드시 마침표를 찍어보라고 했다.

말줄임표 때문에 아찔한 적도 있었다. 밭에 씨를 뿌리는 것처럼 "나는… 할머니 생각을 할 때마다… 아버지가 미웠고… 엄마 생각이 나서… 가슴이… 아팠다…." 같은 문장을 썼다. 글에 여운을 주고 싶다며 말줄임표를 남용했다. 없는 게 낫다며 선을 그어줬다. 1년에 한 번, 식구들과 친구들이 몰라줘서 괜히 서운한 오후 4시쯤, "오늘 내 생일인데…."라고 할 때만 쓰자고 못 박았다.

문장 하나가 A4 절반 분량을 차지하기도 했다. 주어와 목적어만 등장하고 서술어가 없어서 무엇을 했는지 도저히 짐작할 수 없는 글을 몇 번이고 읽었다. 열 명 넘는 사람들이 숙제로 낸 글은 글자 크기 10포인트에 A4 20여 장이 넘었다. 슬픈 예감이 들었다. 글쓰기 수업은 내 시간을 엄청나게 갈아 넣어야만 굴러갈 것 같았다.

"지금도 부끄러운 수준이지만 그때는 마침표를 찍고 몇 칸을 띄어야 할지 몰라서 세 칸쯤 띄우면 되겠지 하고 문장마다 사회적 거리 두기를 했고, 맞춤법이 하도 많이 틀리니까 '맞춤법에도 개성이 있지 않을까요.'라는 말 같지도 않은 소리를 했다."

글쓰기 수업 열자마자 참여한 등산가 님이 회상하며 쓴 글이다. 학원을 운영하며 학생들에게 18년째 수학을 가르치고 있던 그는 글쓰기를 하기 전부터 '읽는 사람'이었다. 독서 모임을 하고 있었고, 허투루 흘러가는 시간이 아까워서 러닝머신 위에서도 빠르게 걸으며 『실격당한 자들을 위한 변론』이나 『사피엔스』 등을 완독했다.

나는 책 읽는 것과 글 쓰는 게 같은 궤도에 있다고 생각했다. 성인들 글쓰기 수업을 해보니까 아니었다. 서로 다른 세계였다. 독서만 해온 사람은 글쓰기라는 철문을 절거덕 열고 문장부호, 짧은 문장, 문단 나누기, 적절한 단어와 대화글 사용 등을 장착해야 했다. 독자들과 교감하기 위한 기본 아이템이었다.

나는 이오덕 선생의 책 『우리글 바로쓰기』에 큰 신세를 졌다. 오랫동안 아이들과 글쓰기 수업을 하고, 혼자서 글을 쓸 수 있었던 힘도 그 책에서 왔다. 가방 속에 늘 넣고 다닐 수 없어서 손바닥 크기의 수첩에 따로 요약했다. 뜻을 파악하기 어려운 '못

난 글'을 알아보는 안목을 길렀다. 일본말, 서양말, 한자말을 덜 쓰려고 노력했다.

'글보다 말이 먼저'라는 것을 몸에 배게 했다. 다 쓴 글을 입으로 소리 내어 읽었을 때 탁탁 걸리는 문장이나 단어는 자연스럽지 않다는 뜻이었다. 비문을 고치고 어려운 단어를 쉬운 말로 바꾸고 다시 읽어보면 한결 좋아졌다. 주어와 서술어 사이가 가까우면 더 와닿았다. 나는 김혼비 작가의 만연체를 좋아하면서도 처음 쓰는 사람들에게는 문장을 간결하게 쓰는 게 좋다고 했다. 긴 문장은 끊어주었다.

시장 봐 온 것을 본 부모님은 '뭘 이렇게 많이 사 왔냐! 이것들 가져다 너네 아이들 해줘라, 우리는 그것 아니라도 먹을 것 많다'라며 큰아들이 감자를 박스로 갖다놓았고, 큰 며느리가 사다놓은 추어탕이며 다른 반찬들이 냉장고에 많이 있고, 막내 며느리가 보낸 과일도 상자로 있다며 박스를 현관문으로 가져가시는 엄마를 보고 '내 아이들은 사다 먹이면 되지, 그리고 엄마 아빠가 좋아하는 것하고 다른 것 좋아해'라고 말했다.

→ "뭘 이렇게 많이 사 왔냐?" 시장 봐 온 것을 본 부모님은 나한테 말했다. 가져가서 우리 아이들에게 해주라고 했다. 부모님은

큰아들이 박스로 갖다놓은 감자, 큰며느리가 냉장고에 사다놓은 추어탕과 반찬들, 막내며느리가 상자째 보낸 과일도 있다고 했다. 엄마는 내가 사 온 박스를 현관으로 가져갔다. 나는 엄마를 보고 말했다. "우리 아이들은 사다 먹이면 되지. 그리고 엄마 아빠가 좋아하는 것하고 다른 것 좋아해."

이오덕 선생의 책을 열렬하게 읽었으면서도 나는 그대로 따르지 않았다. 처음 쓴 동화 『내 꿈은 조퇴』에서 "집에 못 갈지도 모른다니까 눈물을 방어해주던 파워가 사라져버리더라."고 했다. '방어'와 '파워'는 스마트폰 게임을 하는 아이들의 입말이었으니까. 글쓰기 수업에 참여하는 사람들에게도 내가 해준 첨삭이 틀릴 수 있다고, 스스로를 더 믿으면서 각자의 문체로 고쳐보라고 했다.

A4 한두 장짜리 글 한 편에도 인물, 사건, 스토리가 있다. 사람들은 문장에 관심이 많아서 마음에 들면 밑줄을 긋는다. 문장이 모인 문단에 대해서는 별로 이야기하지 않았다. 문단의 구성은 자세히 보아야 눈에 띈다. 직접 글을 써봐야 문단의 기능을 체득한다. 문단 나누기를 잘한 글은 좋아하는 배우의 절제된 연기를 보는 것처럼 짜릿함을 준다.

처음 글을 쓰는 사람들은 문단 나누기에 소홀했다. 반려동물에 대한 글이라면, 고양이 이야기 끝나고 강아지 이야기 시작할 때 문단을 바꾸어야 했다. 문단의 그림자조차 의식한 적 없는 사람들은 태평하게 한 문장이 끝날 때마다 줄을 바꿨다. 어떤 사람은 글 한 편이 끝날 때까지 '들여쓰기'를 하지 않았다. 학교 다닐 때 지각해서 벌로 써내던 '깜지'처럼 빽빽하게 글을 썼다.

글을 계속 쓰면 언젠가는 저절로 문단을 나눌 줄 안다. 문제는 글쓰기 수업이 '언젠가 올 나중'을 기다릴 만큼 영원하지 않다는 것. 나는 수학 공식처럼 장소, 시간, 주제가 바뀌면 일단 나눠보라고 했다. 글 잘 쓰는 영화배우가 쓴 책을 펼쳐 보이면서 그 배우보다 더 유명해지기 전까지는 문단을 나눠야 한다고 강조했다.

문단을 나누어서 쓸 줄 아는 시기는 저마다 달랐다. 수업 시간마다 일일이 나눠줘야 하는 글이 꼭 있었다. 책을 읽을 때 유심히 살펴보게 했다.

"고등학교 작문 시간에 배워서 문단 나누기를 해야 한다는 것을 알기는 했어요. 언제 나눌지는 고민됐는데 첫 글쓰기 수업 시간에 잘 알게 됐어요."

"글을 쓰고 나서 열 번씩 읽어보니 세 번째 수업부터는 문단이 보였어요."

"문단 나누기에 성공했는지에 대한 기준은 수업 날 작가님 지적이 없으면 성공! 나눠주시면 실패가 되잖아요. 저도 세 번째부터는 지적 없이 무사히 통과했던 것 같아요. 나름의 기준도 생겼어요. 시간, 장소로 가장 먼저 나누기! 다 쓰고 나서 긴 문단은 대화글이나 강조하고 싶은 글에서 한 번 더 나누기!"

"저는 문단 나누기가 지금도 어려워요. 문제점은 이야기를 매끄럽게 끌고 가지 못할 때 습관처럼 문단을 나눠서 넘어가려는 버릇이 있어요. 글에 대해 끈기를 가지고 가야 하는 부분에서 문단을 나누면서 끝내려 해요."

책을 많이 읽어도 눈에 들어오지 않던 작은 것들. 글쓰기 수업 시간에 두세 번 들으면 아는 것 같아도 몸에 붙는 시간이 필요하다. 그래서 나는 집에 가서 바로 글을 고쳐 단체 메시지방에 올리라고 했다. 수정해서 보낸 글은 첨삭을 안 해도 되니까 느긋하게 읽었다. 간결한 문장마다 마침표가 찍힌 글, 문단도 알맞게 나누어져 있어서 흐뭇했다. '괜히 글쓰기 수업 벌였다.'는 내면의 후회가 점점 가벼워졌다.

글 쓸 때 떠올릴 한 사람

어떤 이야기는 기–승–전을 건너뛰고 결말만 생각난다. 친구와 둘이서 철로 된 무겁고 큰 쓰레기통을 들고 가다가 마음이 상했던 이유는 지금도 흐릿하다. 탕! 소각장 입구에 쓰레기통을 팽개치고 둘 다 교실로 돌아와버렸던 종례 직전의 청소 시간. 담임선생님은 쓰레기통을 가져와야 집에 보내줄 거라고 했지만, 그 친구와 나는 버텼다. 궂은일을 맡아 하는 반장이 소각장에서 쓰레기통을 질질 끌고 와서야 끝났다.

혼자 절필 선언하고 글쓰기를 멈춘 적이 있었다. 「오마이뉴스」에 송고한 여행기였나, 부모님 이야기였나, 육아 관찰기였나. 사건의 발화점이 된 글을 기억하지 못하겠다. 내 글을 비꼬던 댓글의 뉘앙스는 잊히지 않았다. 처음 겪는 일이라서 나는 친절하게 대꾸했다. 비아냥의 강도가 더 세진 대댓글이 줄줄이 달렸다. 그 뒤로 거의 1년 동안 독자 생활에만 충실했다. 이렇게나 재미있는 책이 많은데, 괜히 글을 써서 욕먹었다고 자책했다.

컴퓨터를 켜서 뭐라도 쓰고 싶을 때마다 속으로 외쳤다. '세상 편하게 살자!', '글 같은 건 쓰지 말자!' 지킬 자신이 없으니까 마음을 다잡았다. 가뭄에 집 앞 시냇물이 말라도 동네 우물은 끄떡없던 것처럼, 글을 써서 나를 표현하고 싶다는 욕망은 찰랑찰랑 차올랐다. 두레박을 우물 바닥까지 내리지 않고도 이야기를 길어 올릴 것 같았다.

글쓰기를 마쳤을 때의 환희가 그리웠다. 혼자서 진 빠지게 쓰는 동안 마음을 짓누르던 것들은 가벼워졌고, 뭉텅뭉텅 흘러간 세월도 글 속에서는 슬로모션처럼 천천히 움직이는 것 같아서 붙잡아둘 수 있었다. 먼지 이는 신작로를 걸어오는 증조할머니까지 생각났다. 할머니는 20대 초반에 세상을 떠난 두 아들이 보고 싶으면 가슴속 울음이 잦아들 때까지 한없이 울며 걷다가 돌아왔다.

내 손과 마음과 엉덩이의 힘으로 만들어내는 생산품이 좋았다. 계속 쓰기 위해서 기댈 사람을 찾았다. 박완서 소설 전집과

패션 잡지만 읽는 사람, 유머는 있지만 웃어줄 친구가 별로 없는 사람, 후미진 골목에 쪼그리고 앉으면 개와 고양이가 다가와주는 사람, 산골에서 흑백텔레비전을 보며 자랄 때부터 진주 목걸이와 레이스 달린 노란 치마를 사달라고 엄마한테 졸랐던 사람.

두 살 터울 동생에게 글을 읽어달라고 부탁했다.

"자매는 사회생활이랑 시집살이를 안 해서 눈치가 없어."

순순하게 제안을 받아들인 동생이 덧붙인 한마디였다. 건설 회사에서 계약직 사원으로 일했고, 결혼한 지 얼마 안 되어 시아버지 칠순 잔칫상을 혼자 차려서 시가 식구 수십 명을 대접했던 동생은 본질을 간파할 줄 알았다. 사람은 어느 자리에서 누구와 있느냐에 따라 태도가 달라진다고, 글도 마찬가지라고 했다. 똑같은 글을 읽어도 사람들은 제각각 받아들인다고 조언했다.

띵~ 머릿속에서 울려 퍼진 종소리는 단숨에 나를 학교 운동장으로 끌고 갔다. 월요일마다 교장 선생님은 훈화대 위에서 연설을 했다. 전교생 들으라고 하는 소리지만 누구도 귀 기울여 듣지 않던 훈화, "끝으로…", "끝으로…"를 무한 반복하며 이어가던 이야기들. 현명한 학생들은 머리통이 뜨거워질 때까지 견디지 않고 어지럽다며 픽픽 쓰러졌다.

그때까지 내 글을 읽는 독자가 누구일지 구체적으로 떠올려보지 않았다. 방송을 처음 시작하는 DJ가 마이크 앞에 친구나

가족사진을 붙여놓고 말문을 여는 것처럼, 나도 동생한테 이야기하듯이 글을 쓰기로 했다. 그 애 마음에 들려고 노력했다. 동생이 "이 부분 좀 이상하지 않아?"라고 짚어주면 계속 들여다보고 고쳤다. 악플은 잊을 만하면 한 번씩 달렸지만 나는 더 이상 대꾸하지 않았다. 모든 사람의 마음에 들게 쓸 수 없다는 걸 알았으니까.

"그냥 써봐요. 자꾸 쓰면 좋아져요." 나는 글쓰기 수업에 오는 사람들이 망설일 때마다 안심시켰다. 그이들은 자신의 어린 시절과 학창 시절, 부모님과 형제자매, 결혼생활의 고단함, 너무 예쁘거나 너무 말 안 듣는 아이들 이야기를 썼다. 과거에 상처받은 자신을 치유하기 위해서, 스스로 만족하고 표현하기 위해서, 타인들과 연결되기 위해서 글을 쓴다고 했다. 옛날의 나처럼.

너는 한때 글 쓰는 작가가 되고 싶다고도 했었지. 우리 동네에 있는 카페 같은 조그맣고 분위기 있는 커피숍에서 차도 팔고, 노트북을 펼쳐놓고 글을 쓰는 작가가 되고 싶다고 했었지.

"오메! 그건 나의 로망인데…." 마음속으로 쾌재를 불렀단다. 네가 그런 작가가 된다면, 나도 그 옆에서 커피 한 잔 마시면서, 글을 써볼까나 생각했더란다.

많은 사춘기 아이들이 그렇듯이 우리 딸도 10대 가수의 열혈팬이다. 특히 '워너원'이라면 죽고 못 산다. 워너원 멤버 중 옹성우를 실물 영접하는 게 소원이다. 까무러칠 만큼 좋아하더니, 빙의글을 주로 쓰는 팬 밴드의 운영진으로 한동안 열심히 활동했다. 게재한 글을 몇 번 훔쳐보았는데, 너무 잘 써서 남몰래 흐뭇해하곤 했었다.

단체 메시지방에 '너의 꿈, 나의 꿈'이라는 제목으로 올라온 글의 일부다. 처음에는 연극 대본처럼 딸과 대화를 주고받는 글이었다. 문단을 바꾸어서 딸에게 말하듯이 편지 형식을 취하다가 다시 누군가에게 딸의 취향을 소개했다. 글쓴이의 어린 시절 꿈으로 넘어갔다가 글쓰기 수업이 얼마나 재미있는가로 이어졌다. 마지막 문장은 '행복하게 사는 딸을 보고 싶다!'였다.

나는 이 글이 딸에게 쓰는 편지글이면 더 마음에 닿았을 거라고 첨삭했다. 없어도 될 것 같은 문단은 고민해보라고 크게 동그라미를 치고 물음표를 달았다. 그때 전광석화처럼 『헨쇼 선생님께』가 떠올랐다. 주인공 리보츠가 『개를 재미있게 해 주는 방법』을 쓴 헨쇼 선생님에게 학교 숙제로 두세 줄짜리 편지를 쓰면서 시작하는 동화다.

헨쇼 선생님은 리보츠에게 식구들, 친구들, 사는 동네, 반려동물, 학교생활, 짜증 나게 하는 것, 바라는 것 등이 궁금하다고 했다. 엄마랑 둘이 사는 리보츠는 트럭을 타고 전국을 돌며 일하는 아빠 전화를 기다리면서 헨쇼 선생님에게 편지를 계속 보냈다. 일기도 헨쇼 선생님한테 보내는 편지라고 생각하고 썼다. 단 한 사람의 내포 독자를 떠올리고 쓰던 리보츠는 깨달았다.

"더는 헨쇼 선생님에게 보내는 편지처럼 일기를 쓸 필요가 없겠다. 내 생각을 종이 위에 표현하는 법을 배웠으니 말이다."

숙제로 쓰는 글도, 자기소개 같은 글도, 구체적인 독자 한 사람을 가지니까 달라졌다. 감정을 섬세하게 표현한 작품이 됐다. 리보츠는 글쓰기 대회에 글을 보내고, 유명한 작가와 식사할 기회를 얻었다. 헨쇼 선생님을 만난 적 있다는 그 유명한 작가는 리보츠가 쓴 「아빠 트럭을 탄 날」이 1등 작품보다 더 좋았다고 했다. 다른 사람을 흉내 내지 않고 자신이 가장 잘 아는 것을 쓴 글이라고 칭찬했다. 그래서 나는『헨쇼 선생님께』를 종종 글쓰기 책으로 소개했다.

때로는 글쓰기 수업에 오는 사람들에게 어떤 사람을 머릿속에 그리며 쓰냐고 물었다. 그림책 에세이를 책으로 펴내고 싶은 문어 님은 어느 출판사 편집자의 마음에 꼭 들기 위해서 쓰고, 구체적인 독자를 정하지 않은 한낱 님은 읽으면 곤란한 사람을 생각하며 표현을 순화한다고 했다. 주중에는 생업에 종사하고 주말에 독립영화를 찍는 셀럽남편 님은 오로지 아내에게 보여주기 위해 글을 쓴단다.

"친구 선옥이는 내가 처음에 글 쓴다고 했을 때 별 반응이 없었어요. 그런데 내가 꾸준하게 글을 쓰니까 「오마이뉴스」나 '브런치'를 찾아서 읽고 '이번에 가계부 얘기 쓴 거 좋더라. 솔직하게 잘 쓴 글이야.' 같은 얘기를 해줬어요. 그다음부터 이상하게 선옥이 생각이 났어요. 요즘은 그냥 나를 잘 아는 사람한테 얘기한다 생각하고, 안부를 전한다는 마음으로 쓰고 있어요. 그러면 설명을 늘어놓는 게 줄어드는 것 같아요."

꾸준하게 글을 쓰는 등산가 님의 내포 독자는 대학 때 친구와 지인들. 독수리 타법으로 일기 같은 글을 쓰던 그는 한꺼번에 계단을 두세 칸씩 오르는 아이처럼 눈에 띄게 발전했다. 독자를 울려놓고는 콧물 훌쩍일 시간도 주지 않고 바로 웃기기도 했다. 가끔은 '이 문장이 왜 여기에 있는 걸까?' 걸리는 구석이 있었는데, 군더더기 없이 점점 깔끔해졌다.

나는 여전히 동생을 떠올리며 글을 쓴다. 그 애가 읽고는 "좋아, 고생했어!"라고 해야 안정감을 느낀다. 소파에 누워 엄지손가락으로 SNS에 짧은 글을 쓸 때는 '진짜 독자'들을 생각한다. 시간과 돈을 들여서 내 책을 읽어주는 사람들이 있다는 게 신기하다. 엄청난 행운이라고 여기면서 다음 글을 쓰기 위해 예열한다.

궁금하지 않은 "여보세요."

나는 일찍이 어른들 대화의 경중을 소리의 크기로 짐작했다. 감나무집 둘째 아들이 법대에 합격하고, 들머리집 큰딸이 암퇘지 세 마리 사라고 첫 월급을 보낸 이야기는 깊은 산골짝의 메아리처럼 쩌렁쩌렁하게 울려 퍼졌다. 함평댁네 막둥이가 보리 공판한 돈을 들고 가출했다는 대화의 볼륨은 낮아서 귀를 쫑긋 세우고 들었지만, 나중에는 누구나 알았다.

진짜 중요한 이야기는 낮은 목소리로 소곤소곤 주고받는 것을 눈치챘다. 1980년 5월 전남대학교 총학생회장이었던 박관현의 이종사촌 집이 우리 동네 버스 종점에 있었다. 풀 먹인 삼베옷을 입고 만날 당산나무 정자에서 인상 쓰는 할아버지부터

자박자박 걷는 아기까지, 누가 누구인지 다 아는 마을에 나타난 형사들. 그들은 사람 그림자가 짜리몽땅한('작달막하다'의 방언) 대낮에도 왔고, 잠 없는 할머니들이 요강 비우러 가는 새벽에도 모습을 드러냈다.

그때 나는 선과 악으로 간명하게 나누어진 세계관을 갖고 있었다. 막상 '나쁜 놈'과 대면했을 때는 다리가 심하게 후들거렸다. 돌멩이를 들어 그들의 뒤통수에 던지는 일은 상상조차 못 했다. 아이들은 냇가에서 가재를 잡다가도, 동네 뒷산을 오르내리며 놀다가도, 풀숲에서 스윽 나타나는 뱀 같은 그 사람들을 피해서 집으로 내달렸다.

부지깽이도 일손을 보태야 하는 추수철, 어른들은 저녁을 먹고 또 일하러 나갔다. 탈곡한 나락을 가마니에 넣어 리어카로 실어 나르기 위해서였다. 왜 야밤에 거기를 따라갔을까. 달빛이 들판을 골고루 비추고 있었다. 나는 엄마가 일하는 모습을 보다가 볏단 위에서 곯아떨어졌다. 어른들이 은밀하고 빠르게 주고받는 말을 잠결에 들었다.

"그놈들이 고문을 하도 심하게 한게는 아조 밥을 굶고 맞섰다고 안 하요?"

"기운이 없응게로 재판도 누워서 받았디야."

"똑똑한 사람은 잡아다가 싹 죽인당게요."

"미쳤는가? 누가 들으믄 어찔라고 그래?"

본능적으로 알았다. 감옥에서 50일 넘게 단식했던 박관현 총학생회장이 죽었다는 것을. 일기에 쓰면 잡혀갈 것 같아서 기억 속에 봉인했다. 20여 년이 지나서 부모님과 함께 박관현 열사 동상 앞에 섰을 때야 꺼냈다. 그날 주고받은 대화를 속기사처럼 빠르게 머릿속에 입력했다. 집에 와서 글을 쓰는 동안 옛 기억은 생생하게 되살아났다.

사람들이 건넨 말은 상대방의 귀에 닿았다가 흩어지지 않고 가슴속에 뿌리내리기도 한다. 힘들 때는 그 말에 기대어 일어서는 사람도 있다. 글쓰기를 택한 사람들은 밑줄 긋고 별표 친 문장처럼 마음에 새겨놓은 말을 끄집어냈다. 듣기는 기차의 선로처럼 글쓰기와 마주 보고 있었다. 남의 말에 귀 기울이면서, 자신을 둘러싸고 있는 세계를 탐구하는 글도 자주 단체 메시지방에 올라왔다.

나는 숙제 마감에 맞춰 낸 글을 읽다가 서술만 있는 문장에서 가끔 멈췄다. 파란색이나 빨간색 펜으로 그때 무슨 말을 서로 주고받았느냐고 묻곤 했다. 적절한 대화 글과 혼잣말을 넣으면 독자는 글에 더 몰입할 수 있으니까. 대화 글을 통해 인물의 성격도 알 수 있고, 이야기를 전개할 수도 있으니까 꼭 써보라고 권유했다.

드라마 대본도 아닌데 꼭 대화를 넣어야 하느냐고 묻던 사람들도 말을 채집했다. 유치원 다녀온 아이가 "나는 뎅장국에 든 호박 싫어하잖아. 달님반 선생님이가 먹으라고 했쪄."라고 한 고자질을 받아 적었다. 코로나 때문에 자식들을 몇 달이나 못 본 아흔 넘은 어머니가 요양원에서 "사는 것이 귀찮아 죽겄어. 밥을 한 열흘만 굶으면 죽는다는디."라고 한 통화를 기록했다. 마흔 살이지만 아직 어려서(?) "잊고 흘려버려야 할 가시 같은 말들이 남아서 힘들다. 더 커야겠다."는 마음의 말을 쓰기도 했다.

열 명 남짓이 하는 글쓰기 수업도 사람 사는 세계와 똑같아서 불공평했다. 배운 것을 바로 적용해 쓴 동료의 글은 온라인에서 사람들의 열렬한 공감을 받는데, 퇴근하고 집으로 달려와서 열흘 넘게 쓴 글이 존재감 없이 묻히기도 했다. 나는 최대치의 다정함을 끌어올려 몇 번씩 읽고서 첨삭했다. 손이 많이 가는 글은 표본으로 삼아 왜 고쳐야 하는지를 설명했다.

> 운동 끝나고 집에 오는 길이었다. 5월인데 하우스 수박이 나와 있었다. 옛날에는 딸기도 어린이날이나 되어야 나왔는데. 애들이 어릴 때는 딸기도 논산 가서 짝으로 샀다. 아이들은 실컷 먹게 되었고, 남은 딸기로 나는 딸기잼을 만들게 되었다. 앞뒤로 창문을 다

열어놔도 달콤한 냄새는 안 빠졌다.

아이들이 한창 클 때는 수박도 많이 샀다. 눈앞에 보이면 계속 먹게 되는 과일이었다. 우리 동네에는 과일 가게가 두 군데 있었는데 첫 번째 집은 밤 9시 넘으면 싸게 팔았다. 무거운 줄도 모르고 커다란 수박 두 덩이를 들고 걸어 다녔다. 이제는 특별한 일이 아니면 집에서 수박 먹는 일은 없게 되었다.

"여보세요."

나는 남편에게 전화를 걸었다.

"어. 무슨 일 있어?"

"여보, 수박이 벌써 나왔네."

"그래? 먹고 싶으면 사."

"아니, 다 못 먹어. 몇 날 며칠 냉장고 자리만 차지하다가 버석거려서 버린다고."

"절반 쪼개서 누구라도 주면 되지. 우리 윗집에 어린애들 있잖아."

"그런다고 젊은 사람 집에다가 불쑥 갖다줘요?"

"당신 생각해서 사라고 하는 거야."

"그게 왜 나를 생각하는 거야? 당신도 수박 좋아하잖아."

이 글에 나오는 대화는 전화 통화를 녹음해서 풀어쓴 것처럼 계속 이어지다가 "그럼 끊어요."로 끝났다. 독자에게 보고하듯이 하나도 빠짐없이 쓸 필요는 없다. 글은 편집이다. 남편의 다정함을 표현하고 싶다면 "그래? 먹고 싶으면 사."를 중심으로 삼고, 수박 덕분에 윗집과 교류한 이야기로 확장하려면 "절반 쪼개서 누구라도 주면 되지. 우리 윗집에 어린애들 있잖아."를 살려야 한다. 음식물 쓰레기가 주제라면 또 달라지고.

이 글을 수업의 표본으로 삼은 이유는 한 가지 더 있었다. 문장 속 수동태가 한밤중에 통과하는 국도 위 요철 같았다. 나는 중학교 영어 시간에 수동태를 처음 배웠다. 주어가 행위를 하지 않고 당한다는 것, 무언가가 되지 않고 된다는 게 어색했다. '서양 사람들은 왜 말을 이렇게 하지? 시켜서 하는 게 좋은가?' 의문을 품은 채로 선생님이 칠판에 영어로 써놓은 능동태 문장을 수동태로 바꾸는 연습을 했다.

- 미영이가 분필을 던졌다. → 분필은 미영이에 의해 던져졌다.
- 민수는 편지를 썼다. → 편지는 민수에 의해 쓰였다.
- 그는 유리창을 깼다. → 유리창은 그에 의해 깨졌다.

스티븐 킹의 『유혹하는 글쓰기』를 읽고 나서야 영어권 사람들도 수동태를 선호하지 않는다는 것을 확인했다. '수동태는 한 사코 피해야 한다.' 그는 『문체 요강』에 나온 충고에 동의한다고 했다. 수동태를 쓰는 일은 소심한 사람이 수동적인 애인을 좋아하는 것과 같다면서 '회의는 7시에 개최될 예정입니다.'라고 쓰지 말라고 했다. 후련하게 고친 문장은 '회의 시간은 7시입니다.'였다.

작은 일이든 큰 일이든, 사람은 자기 시간을 들여서 겪어야 더 큰 성취감을 느낀다. 날마다 스스로를 가꾸고 키우는 힘은 자기 안에서 나온다. 걸음마를 시작한 아기가 넘어질까 봐 손을 잡아주면, 아기는 "비켜! 나 혼자."라고 뿌리친다. 글도 마찬가지다. 시킴을 당하지 않는 능동태를 쓰는 게 깔끔하고 힘이 있다. 나는 수동태 문장을 능동태로 고쳐주었다.

- 아이들은 실컷 먹게 되었고, 남은 딸기로 나는 딸기잼을 만들게 되었다.

→ 아이들은 실컷 먹었고, 남은 딸기로 나는 딸기잼을 만들었다.

- 계속 먹게 되는 과일이었다. → 계속 먹는 과일이었다.
- 먹는 일은 없게 되었다. → 먹는 일은 없었다.

사람들의 글감은 내 이야기에서 시작해 지나간 것들로 옮겨갔다. 옛날 친구들, 옛날에 살던 집, 옛날에 젊었던 엄마가 해준 음식. 그리운 것들을 한참 쓰면 그 시절로 돌아가서 덩달아 어려지는 것 같았다. 조용히 좀 하라고 오빠가 윽박질러도 엄마한테 미주알고주알 말하던 버릇이, 시험에 나온다니까 무턱대고 외웠던 수동태가 문장 곳곳에 자연 발아해 있었다.

> 외출하려는데 집 전화가 울렸다. 누구지? 바쁘니까 그냥 나갔다. 엘리베이터 버튼을 누르고 기다리는데 계속 전화벨이 들렸다. 할 수 없이 나는 현관 번호키를 누르고 들어와서 급하게 전화를 받게 되었다.
>
> "여보세요."
>
> "나야."
>
> "당신 왜 집으로 전화했어?"
>
> "핸드폰 안 받으니까."
>
> "안 울렸는데?"
>
> "확인해 봐."
>
> "진동으로 돼 있네."

별로 안 궁금한 대화 글이 A4 용지 절반을 차지했다. 나는 으하하하! 웃고 난 뒤에 처방했다. "여보세요."는 일단 금지. 전화 통화를 글로 쓸 때는 본론으로 바로 들어가라고 했다. '하게 되었다', '받게 되었다'는 수동태도 묶어서 금지. 결과는? 글쓰기 수업에서 '여보세요'를 언제 읽었는지 기억 안 난다. 수동태는 여전히 골라내고 있지만.

아까워도 버려야 할 몇 가지

글쓰기는 짓궂다. 쓰기에 재미 붙이려는 사람을 어두컴컴한 데로 확 밀쳐버린다. 글쓰기 동료가 있고, 참고할 글쓰기 작법서가 있어도 막막한 곳으로. "어떻게 하라고요!" 내적 외침에 답은 하나, 엉덩이를 붙이고 앉아 오롯이 노트북의 빈 화면을 채워나가야 한다. 혼자만의 힘으로 마지막 문장까지 완성해야 자신에게 스며든 가슬가슬한 빛을 느낄 수 있다.

"이제부터 나는 글 쓰는 사람이야." 처음으로 글쓰기를 마친 사람은 출구를 찾은 기쁨에 겨워서 작품을 더 읽어보지 않는다. 자기 얘기를 쓴 게 쑥스럽다며 한두 번 훑어보고 단체 메시지방에 올린다. 파란색과 빨간색 볼펜으로 첨삭된 자신의 글을 보고는 당황한다. 볕이 들었던 마음에 그늘이 지고 금세 눅눅해 진다.

> 있어도 괜찮을 말을 두는 너그러움보다, 없어도 좋을 말을 기어이 찾아내어 없애는 신경질이 글쓰기에선 미덕이 된다.
>
> —이태준 『문장 강화』

> 수정본 = 초고-10%. 행운을 빕니다.
>
> —스티븐 킹 『유혹하는 글쓰기』

나는 글쓰기 수업에 오는 사람들에게 대문호들이 한 말을 전해주었다. 처음에는 반복하는 단어부터 생략하거나 바꾸자고 했다. 기상 캐스터는 폭염 특보 발효를 예보할 때도 각각 다른 표현을 쓴다. 30도 이상의 고온이 계속되고, 아스팔트 바닥이 녹고, 전국 곳곳이 35도까지 치솟고, 연일 최고 기록을 갈아치우고, 열대야가 누그러들지 않는다고 한다.

사람들은 같은 단어를 쓰는 것에 관심을 두지 않았다. '첫 아이를 간절하게 기다리던 어느 아침, 임신 테스트기에서 두 줄을 확인하고, 남편한테 그걸 확인시켜 주고, 산부인과에 가서 아기집을 확인하고, 의사 선생님에게 배 속 아기가 두 명이라고 확인

받고, 양가 부모님에게 쌍둥이 임신 확인 전화를 했다'고 썼다.

'확인'이라는 단어가 다섯 번 쓰였다. '남편에게 임신을 알려주고, 산부인과에서 아기집을 보고, 아기가 두 명이라는 이야기를 들었다'고 해도 된다. 무언가 덧붙이는 느낌을 주는 접속사도 생략하면 좋다. 글을 간결하게 썼던 노무현 전 대통령은 "접속사를 꼭 넣어야 한다고 생각하지 말게. 없어도 사람들은 전체 흐름으로 이해하네."라고 했다.

> 장사하는 우리는 일요일이 유일한 휴식일이다. 나는 취미생활로 단편영화 동아리를 하기에 일요일에 작업을 많이 한다. **그래서** 가족과 함께하는 일요일이 많지 않다. **그래서** 그녀는 나한테 경고도 몇 번 했었다. "일요일마다 아예 그 사람들이랑 살아!" **그래서** 촬영 없는 날에는 그녀와 함께 가까운 곳으로 여행을 가는 편이다. 나도 오십 줄에 들어서서인지 한 달에 두세 번의 여행이 부담스러울 때가 있다. **하지만** 그녀의 눈과 마주한다면, 하고 싶은 말을 절대로 입 밖으로 꺼내면 안 된다. 그녀는 눈으로 욕하고 눈으로 말하는 능력을 갖췄다.
>
> → 장사하는 우리는 일요일에만 쉰다. 취미로 단편영화 동아리를 하는 나는 일요일에 주로 작업한다. 가족과 함께하는 일요일

이 많지 않다. 그녀는 나한테 경고도 몇 번 했다. "일요일마다 아예 그 사람들이랑 살아!" 촬영 없는 날에는 그녀와 가까운 곳으로 여행을 간다. 오십 줄에 들어서서인지 한 달 두세 번의 여행이 부담스러울 때가 있다. 하지만 그녀의 눈을 보면서 하고 싶은 말을 입 밖으로 꺼내면 안 된다. 그녀는 눈으로 욕하고 말하는 능력을 갖고 있다.

나는 사람들이 애써 쓴 단어와 문장을 움푹 파이게 떠내지 않으려고 했다. 글쓰기 선생이 한꺼번에 군더더기를 찾아내 버리면 사람들은 자기 검열에 사로잡혔다. "이게 맞나? 쓰지 말라고 했던 것도 같은데."라고 주저하면서 앞으로 가지 못했다. 스스로 글쓰기 세계의 문을 열고 들어선 사람들이 몸으로 익힐 때까지 기다리며 고쳐야 할 문장을 한쪽에 쌓아놨다.

"나의 최대 관심사는 연애다."

"나의 사춘기는 대학교 1학년이 되어서야 왔다."

"나의 책 고르기 1순위는 읽기 편한 책이다."

"나의 예쁜 점을 알아봐준 그 애가 좋았다."

「고향의 봄」은 '나의 살던 고향은'으로 시작한다. '의'는 일본어 격조사 の(노)에서 왔다. '내가 살던 고향'으로 하는 게 맞다. 『우리글 바로쓰기』를 보면, '~에 있어서의', '~에로의', '~으로부터의'도 の(노)를 겹쳐 쓴 거라고 나온다. 일상에서 즐겨 쓰는 말이 아니어서 다행이랄까. 글을 쓰고 나서 소리 내어 읽어보면 충분히 걸러낼 수 있다.

없애면서 애먹은 건 부사였다. 동사와 형용사를 꾸며주는 말, 부사가 부사를 수식하기도 한다. 스티븐 킹은 "지옥으로 가는 길은 수많은 부사들로 뒤덮여 있다."고 했다. 부사가 움트지 못하게 싹을 자르라면서 '그는 문을 굳게 닫았다.' 보다 '그는 문을 닫았다.'가 좋다고 했다. 『유시민의 글쓰기 특강』에서도 부사 쓰는 걸 자제하라고 했다.

그런데 우리는 겹겹의 부사에 둘러싸여 말을 하고 글을 쓴다. 열심히, 가끔, 매우, 굳게, 솔직히, 과연, 설마, 제발, 결코 등등 셀 수 없이 많다. 사람들은 사춘기 아이가 대든 이야기를 쓸 때는 '바락바락'을 넣고 싶어 했다. 코로나 때문에 사람들과 만나는 기쁨을 잃어버려서 '너무너무' 힘들다고 썼다. 부사는 단칼에 쳐낼 수 없는 품사였다.

하필 나는 '몹시' 애호가였다. 우리 시골에서는 '많다'를 '겁나다'라고 썼다. 입말로는 '아따! 겁나다이'이다. '매우'의 입말은 '아조 겁나게'였다. 그런데 여름방학에 서울 친척 집에 다녀온 친구가 새로운 말을 했다. "몹시 배고프다야.", "몹시 재밌다이." 몹시 달콤하게 들렸다. 서울도 안 가보고 따라 하는 게 찔려서 일기장에만 썼다. '해정이랑 타잔 놀이를 했다. 나무 끌텅(나무의 '그루터기'를 가리키는 방언)에 옷이 걸려서 찢어지고 배꼽에서 피가 났다. 나는 몹시 아팠다. 근데 해정이가 나를 보고 웃어서 몹시 속상했다.' 30년이 지난 지금도 격한 감정을 표현할 때 몹시가 튀어나오려고 한다. 대문호들이 부사는 안 쓰는 게 좋다고 해서 몹시 참고 있는 거다.

"이렇게 다 버리면 글이 너무 짧아지잖아요."

몇몇은 원고 분량 줄어드는 걸 아까워했다. 아무리 길게 써 보려고 해도 A4 한 장 반에서 이야기가 끝나버린다고, '없어도 좋을 말'까지 골라내면 남는 게 없다고 했다. 애지중지 모은 아티스트의 굿즈를 버리라고 한 것도 아닌데, 손깍지를 끼고서 자기가 쓴 부사와 접속사와 반복해서 쓴 단어를 감싸 안았다.

쥐고 있는 것을 놓아야 다른 걸 얻을 수 있다. 줄어든 원고 분량을 채우기 위한 메모를 권했다. 나이 들수록 옛일은 생생해지고 어제오늘 일은 옅어진다. 출근할 때 자동차 키를 찾느라 허둥대고, 방금까지 들고 있었던 스마트폰이 감쪽같이 사라졌다면서 나라 잃은 백성처럼 넋이 나간다. 그러니 순간순간 보고 듣고 겪은 일들을 저장해서 글에 담아보라고 했다.

베스트셀러 작가를 꿈꾸는 등산가 넘은 스마트폰 메모장을 활용했다. 쓰다가 막히면 맡겨놓은 물건을 찾으러 온 사람처럼 메모장을 열었다. 계통 없이 써놓은 기록 속에서 원하는 내용을 찾는 게 어려웠다. 그는 일, 연애, 독서, 딸아이, 부모님 등의 키워드로 나눠서 메모하고 글감이 될 것 같은 이야기는 SNS에 실시간으로 올렸다. 식재료를 숙성시켜 요리하는 것처럼 시간이 조금 지난 뒤에 한 편의 글을 완성했다.

"동네 아주머니는 아저씨가 돌아가시고서 염을 해준 우리 아버지께 감사의 말씀을 하러 오셨어요. 달큼한 술 냄새가 났던, 고독하고 외로운 한 늙어가는 여자의 회한. 자분자분 듣고 추임새를 넣어주던 아버지. 저는 사투리가 가득 든 말들이 좋았어요. 메모하고 싶다는 강한 충동을 줬던 첫 번째 사건이 되었지요. 제 메모의 힘은 그 목소리였던 것 같아요."

유목하라 님은 메모하고 싶은 충동이 일었던 때를 소환했다. 사람들은 아이랑 주고받은 말이 흘러가버리는 게 아까워서, 아버지가 남긴 마지막 말을 녹음파일처럼 재생하고 싶어서, 중년의 친구들과 웃고 떠드는 시간을 공유하고 싶어서, 무엇에 가치를 두고 살 것인가 잊지 않기 위해서 메모하고 글을 썼다. 없으면 좋을 말도 척척 골라냈다. A4 두 장의 벽을 뛰어넘고 나서는 긴 글도 쓸 수 있게 됐으니까.

다정함의 한도,
다정함의 모순

글은 쓴 사람의 발가락이라도 닮는 거겠지. 팬심 가득한 독자는 단어 하나에서도 작가의 취향과 유머, 생활 태도를 유추한다. 그래서 어떤 글은 자기를 창조해서 세상에 보내준 글쓴이의 정체가 드러나지 않게 방어한다. 글쓴이의 내향성이 티 나지 않게 문장은 호탕해지고 글쓴이의 외향성에 묻히지 않게 문장은 세심해진다.

글쓰기 수업 동료들은 숙제로 낸 글을 통해 단체 메시지방에서 먼저 만난다. 첫 수업 하는 날, 논두렁 밭두렁 이야기를 쓴 사람은 이탈리아 밀라노에서 막 돌아온 사람처럼 화려하고 고급스러운 차림새로 등장한다. 어린아이들 키우면서 살림하고 일하고 공부하느라 고단함이 전해지는 글을 쓴 사람은 함박웃음 배어 있는 얼굴로 인사한다.

연하지만오빠 님은 사회복지를 전공한 청소년 활동가. 반짝이는 대학생 시절에 시험공부 하다가 뛰쳐나가서 좋아하는 누나한테 떨면서 고백하고 돌아와 마저 공부를 했다. 영혼이 타들어갈 것 같은 긴 하루가 지나고 그 누나는 여자친구가 되었다. 연하지만오빠 님은 순조롭게 결혼해서 맞벌이하며 두 아들을 키우고 있다.

직장에서도 하는 일이 많은 그는 짬짬이 단체 메시지방에 올라온 동료들의 글을 읽고 하나하나 댓글을 달았다. 글쓴이의 처지에 공감해주고, 읽으면서 차오른 감정도 섬세하게 표현했다. 대면해보니 글 속의 그는 현실의 그와 싱크로율이 높았다. 그래서 나는 연하지만오빠 님의 글을 읽을 때 주로 다정함의 한도를 고민했다.

종종 직장 외부에서 진행되는 회의에 참석할 때가 있다. 지난 금요일(6월 18일) 오후 7시에 부모 조직 구성을 위한 준비 모임이 있었다. 이동하면서 큰아들에게 전화를 했다.

"아빠가 오늘 지곡동 카페에서 회의가 있는데, 1시간 정도면 끝날 거 같아. 음… 그런데 조금 늦어질 수도 있어. 너 학원 8시에 끝나는데 아빠가 데리러 갈까. 아니면 그냥 버스 타고 올래?"

"다다음 주부터 시험이니까 학원에서 공부하고 있을게."

"그래. 그럼 아빠가 회의 마치고 가면서 전화할게."

7시 10분쯤 시작된 회의는 원활하게 진행되었고, 8시 5분쯤 마쳤다. 차에 시동을 켜고, 아들에게 전화를 걸었다. 자동차의 블루투스 기능을 통해 통화가 연결되었다. 자동차 전용도로에 막 진입하려는 순간이었다.

"아빠. 나 그냥 버스 탔어."

"학원에서 공부하면서 기다린다고 했잖아. 후. 알겠어. 끊어."

나는 어쩔 수 없이 그대로 자동차 전용도로에 진입하여 돌아서 집으로 돌아오게 되었다. 문을 열고 집에 들어오면서 식탁에 앉아 피자를 먹고 있는 아이를 발견했다. 오늘 점심 모임에서 먹고 남은 피자 두 조각을 오후에 잠시 집에 들러 냉장고에 넣어 두었다. 아내에게 문자를 보내어서 주영, 주원이에게 각각 한 조각씩 주면 좋겠다고 했다. 그런데 접시 위에는 두 조각의 피자가 있었다. 주원이는 아토피가 있었기 때문에 먹지 않았던 것 같다.

연하지만오빠 님의 다정함은 연극의 지문같이 새겨져 있었다. 차에 시동 '켜는 것'을 알려주고, '차량 블루투스 기능으로 통화'하고, 집에 들어갈 때 '문을 여는' 것도 보였다. '6월 18일'이

괄호 안에 단정하게 묶여 있고, 회의 시작과 마친 시간도 정확하게 알 수 있었다. 나는 연하지만오빠 님에게 다정함을 조금씩 덜어내 써보라고 권했다. 아이에게 다해주는 게 늘 좋지는 않듯이 독자에게도 다 알려줄 필요는 없다고.

덜 다정해도 좋다며 딱 떨어지게 말했는데, 다음 글쓰기 수업에서 나는 모순에 빠지고 말았다. 정글 님의 '아버님의 사철가'를 읽을 때였다. 능력 있고 멋지고 존경받고 호방했지만 작고 연로해진 아버님은 자식들에게 노래 한 곡을 들려줬다. 무한하지 않은 인간의 삶이 깃든 판소리였다.

> 평소 말 한 마디 하기가 하늘의 별따기처럼 어려운 아버님의 입에서 '사철가'가 흘러나왔다. 뜻밖이었다. 손사래를 예상했던 자녀들은 숨을 죽였고 어머님은 장단을 맞추었다. 노래가 이어지면서 긴장감은 사라지고 손바닥으로 무릎을 치며 우리는 "얼쑤"를 합창했다. 영화 「서편제」 OST임을 모를 사람이 어디 있으랴만 가사를 제대로 아는 사람은 없었다.
>
> 한때 빛나지 않았던 사람이 어디 있을까. 노래를 즐기는 편도 아닌데 '사철가'의 그 긴 가사를 외우기까지 수없이 불렀을 그 시기, '사철가'는 아버님의 심정을 대신해준 절규 같은 것이었을지도 모른다.

"인생이 모두 백 년을 산다 해도 잠든 날과 병든 날과 걱정근심 다 제하면, 단 사십도 못 살 인생"이라는 대목에서 우리의 눈은 허공을 향했다. 반백이 된 자녀들이 이해 못 할 가사가 아니다. 인생의 겨울을 맞이하고 있는 아버님의 '고백'으로 들렸다.

국민 배우, 국민 드라마, 국민 MC가 통용되는 나라. 자신이 보고 듣고 겪은 것을 남들도 모를 리 없다고 여기기 쉽다. 그래서 정글 님도 영화 「서편제」 OST인 '사철가'를 독자들이 알 거라고 쓴 것 같다. 2000년생인 글쓰기 동료 그레이 님이 태어나기도 전인 1993년에 나온 영화인데. 최대 관객 동원 영화로 기네스에 등재되었다지만 기록은 깨졌는데.

"영화 「서편제」 OST임을 모를 사람이 어디 있으랴만 가사를 제대로 아는 사람은 없었다."

나는 이 문장을 두고 고민했다. 영화를 알지 못하는 독자들에게 다정한 방식으로 다가가야 할 것 같았다. 그렇다고 「서편제」가 어떤 영화인지 설명한다면 주제와 동떨어져서 '산으로 가는 얘기'가 되겠지. 88세 아버님과 "봄은 찾어왔건마는 세상사 쓸쓸허구나."라는 '사철가'를 중심으로 잡은 정글 님은 알맞게 고쳤다.

"영화 「서편제」 OST였지만 가사를 제대로 아는 사람은 없었다."

판소리의 고장 호남에서 자란 나는 '사철가'의 첫 대목을 알고, 「서편제」도 기억한다. 영화 마지막 장면에서 중고등학생 때 타고 다니던 '영광 군내버스'를 본 순간 눈 뭉치로 맞은 것처럼 얼얼했다. 우리 고모할머니가 실제로 살고 계시는 동네에서 영화의 주인공 동호와 눈이 먼 소화는 밤새 판소리하고서 이별했다.

얼마 뒤에 나는 정글 님의 글을 「오마이뉴스」 메인 화면에서 읽었다. 대단한 성취였다. 내 자식 일처럼 자랑스러워서 마음이 들떴다. 그래도 숙제로 처음 냈던 글과 얼마나 달라졌는지 확인했다.

헷갈릴 때마다 글쓰기에 정답은 없다고, 내가 한 말이 다 맞는 건 아니라면서 슬그머니 발을 뺀다. 글은 스스로 깨쳐가는 육체 활동이라며 마무리하는 버릇이 도진다. 깔끔하지 못한 태도 같아서 덧붙인다. 글쓰기는 행복과 같아서 강도보다는 빈도라는 뻔한 말을 한다. 사람들이 의심의 눈초리를 보내지 않지만 나는 했던 말을 되풀이한다.

"글쓰기는 품질보다는 생산량이에요."

처음 쓰는 사람에게는 더욱 그렇다고 강조한다. 웃게 하거나 끝까지 읽게 하는 재미, 마음에 자국을 남기는 감동, 적절한

쓸모까지 갖춘 완벽한 글을 추구하지 말라고 당부한다. 셋 중에 하나만 있어도 쓰다 보면 나아진다. 넘치거나 조금 부족한 다정함에도 경계를 정하고 넘나들 수 있게 된다. 자주 쓰고 많이 쓴다면.

일기와 에세이 사이

아이들은 글쓰기를 오해한다. 특별한 일을 써야 한다고 여긴다. 방과 후 수업 끝나고 실컷 놀고서도 쓸 게 없다고 한다. 어제나 그제도 겪은 일이니까. 그래서 일기장을 펴면 거의 자동으로 '나는 오늘'을 쓴다. 아침에 일어나서 학교에 가고, 급식 먹고, 학원 차 기다리고, 집에 와서 밥 먹고, 게임 오래 한다고 야단맞고서 숙제한 일을 한두 줄씩 똑같은 비중으로 쓴다.

쉬는 시간에 딱지 치다가 짝꿍이랑 싸우고, 체육 시간에 피구 하다가 친구 얼굴 맞혀서 미안하다고 사과하고, 미술 시간에 물통 엎질렀는데 아무도 안 도와줘서 속상하고, 급식에 치킨 나와서 기분 좋고, 복도에서 뛴다고 옆 반 선생님한테 야단맞고,

방과 후 수업이 없는 수요일에 빈 교실에서 놀았던 일은 별 게 아니어서 글로 못 쓴다고 한다.

"일기에 제목 한번 붙여봐."

칭찬 스티커를 받기 위해 일기 쓰던 큰애에게 툭 던졌다. 엄마가 강조하는 얘기는 잘 안 들으니까 쓴 고도의 작전이었다. 큰애는 한 글자라도 더 쓰는 게 싫다고 했다. 연필도 닳고, 그럼 깎아야 하고, 그러다가 노는 시간이 줄어든다며 억울한 표정을 지었다. 대화에 싹이 트려면 더 기다려야 할 것 같아서 물러섰다.

글쓰기는 읽어주는 사람의 눈길과 손길을 받고 자란다. 큰애의 담임선생님은 '검'만 찍지 않고 아이들의 생활에 다정한 관심을 보여주었다. 우리 아이는 자기 마음을 알아주는 선생님이 "그런 일이 있었구나."라고 대꾸해주는 것을 좋아했다. 덕분에 해골바가지에 고여 있던 물을 마신 원효대사처럼 스스로 깨쳤다. 제목을 달면, 하루 내내 있었던 일을 나열하지 않아도 되니까 빨리 쓸 수 있다는 것을. 편집하듯 골라 쓴다는 것을.

<모기와의 전투>

자다 일어나서 모기랑 전투를 했다. 내가 엄청 불리했다. 왜냐면 이불을 덮으면 덥고 이불을 내팽개치면 모기가 물고. 그런 이유로 전투를 할 수밖에 없었다. 나는 세 방 정도 물렸는데 모기를 한

마리밖에 못 잡았다. 밤 11시 45분쯤부터 새벽 5시까지 모기 잡느라 잠도 제대로 못 잤다. 그래서 너무 피곤했다.

(잡은 모기를 일기장에 투명 테이프로 붙여놓음) 박제한 이 모기는 내 머리를 먹으려고 했다.

제때에 풀지 않은 오해는 시나브로 흩어져 바스러지기도 하고 세월에 켜켜이 쌓여서 화석처럼 단단해지기도 한다. 글쓰기에 대한 오해는 후자에 더 가까웠다. 성인 대상 글쓰기 수업이지만, 초등학생이 잠자리에 들기 직전에 쓴 일기 같은 글이 꼭 있었다. 일상에서 벗어난 일만을 붙잡아 쓰려고 했고, 시간의 흐름대로 이야기를 공평하게 풀어나갔다.

우리 가족은 아침 일찍 놀이공원으로 출발했다. 내가 운전했는데 차가 많이 밀렸다. 화장실에 가야 해서 휴게소에 들렀고, 남편과 아이들은 토스트와 핫도그를 사고, 나는 커피를 샀다. 차 안에서 노래를 듣다 보니 마침내 에버랜드에 도착했다.

우리는 오래 안 기다리고 관람차를 탔다. 그다음에는 아찔한 티 익스프레스를 구경했다. 로즈가든에서 장미꽃을 구경하는 사이에 시간이 금방 갔다. 배가 고파서 밥을 먹고 후식으로 아이스크림을 먹었다. 그때 음악 소리가 들렸다. 아이들은 신이 나서 퍼

레이드에 맞춰 춤을 추며 따라갔다. 우리 가족에게는 잊지 못할 소중한 추억이 되었다.

잊지 못할 추억을 갖게 된 어느 가족의 모습이 잘 그려지지 않았다. '재밌었겠다, 나도 다음 달에는 애들 데리고 가야겠다.'는 마음이 들지 않았다. 그래서 조심스럽게 에세이보다는 일기 같다고 했다. 아이들이 한 번만 더 타고 싶다고 한 놀이기구가 있었는지, 다 같이 탄 놀이기구가 공중에 잠깐 떠 있을 때 무슨 생각을 했는지 등을 물었다. 카페에서 친구한테 얘기해주는 기분으로, 놀이공원에서 있었던 일 한두 가지를 써보라고 권했다. 글은 원래 고치고 또 고치는 거니까 시간을 들이면 나아진다고도 했다.

"왜 내 글이 일기 같아요? 더 못 쓴 글도 있던데, 글에 대한 기준이 확실하게 있나요?"

집에 돌아오자마자 나는 글쓴이의 항의 전화를 받았다. 떨리는 티를 내지 않기 위해 낮고 차분하게 대꾸했다. 수학 공식처럼 딱 떨어지는 건 아니지만, 일기와 에세이를 가르는 기준은 글을 읽는 사람들의 '공감'이라고. 글쓴이가 감탄하거나 기뻐하거나 울컥한 지점에서 독자도 비슷한 감정을 느낀다면 에세이라고. 수업 시간에 했던 말을 다시 했다.

사실 내가 「오마이뉴스」에 쓴 여행기나 일상 이야기에도 '일기는 일기장에'라는 댓글이 달리곤 했다. 데스크탑 모니터로 처음 읽었을 때는 댓글 쓴 사람이 바로 앞에 서 있는 것 같았다. 수치스러워서 고개를 들 수 없었다. 사람들도 나처럼 밥벌이하고 아이 키우고 여행하고 부모님을 뵈러 가는데, 왜 내 글은 공감받지 못할까. 혼자 일하고 혼자 글 쓰는 나는 바깥과 연결된 통로가 막힌 줄도 모르고 있는 건가.

김려령 소설 『우아한 거짓말』의 동생 천지는 엄마랑 언니 만지한테 친구들이 자꾸 술래만 시킨다고 하소연을 했다. 엄마는 안 한다고 하라 그러고, 언니는 그 애들이랑 놀지 말라고 했다. 천지는 되물었다. "그럼 나는 누구랑 놀아?" 잊히지 않는 질문이었다. 독자들 마음을 얻고 싶은 나는 소설 속 한 장면을 애잔하게 혼자 오마주했다.

"사람들이 자꾸 내 글은 일기라고 해."

"아니라고 해."

"그래도 자꾸 일기래."

"그럼 그 사람들한테 읽지 말라고 해."

"그럼 내 글은 누가 읽어줘?"

글도 쓰고 싶고 독자들에게 인정도 받고 싶었다. 상처는 받고 싶지 않았다. 부끄러움에서 벗어나기 위해 동생을 오직 한 사람의 독자로 생각하고 썼다. '설명하지 말고 보여줘라'는 말을 책상 앞에 붙여놓았다. 내가 사는 도시와 사람들, 나와 우리 식구들에 대해 써나갔다. 잠 못 이룰 만큼 무더워지면 방송사에서 특집으로 편성하는 무서운 영화처럼, '일기는 일기장에'라는 오싹한 댓글은 간간이 달렸다.

나는 일기와 에세이 사이에 견고한 장벽이 존재하지 않는다고 생각한다. 한 번 쓰고 그대로 덮어버리면 일기, 독자를 생각하며 몇 번씩 읽어보고 고치면 에세이. 서로 넘나들 수 있다고 여겨서 글쓰기 플랫폼에 '일기와 에세이 사이'라는 매거진을 만들어서 글을 쓴다. 어떤 이가 보고 듣고 느낀 글을 읽고 난 뒤에 나를 이루는 삶의 한 조각이 튀어나와 마음이 일렁인다면, 슬프거나 억울한 이야기에 감읍할 수 있다면 에세이다. 글의 앞머리에 맑음, 흐림, 첫눈, 천둥 번개 치다가 갬이라고 날씨를 기록해놔도 일기가 아니다.

글쓰기를 하는 사람들은 일기와 에세이 사이에서 고민했다. 노트북을 켜기 전부터 머릿속으로 끊임없이 생각하고 독자를 의식해서 글을 쓰면 에세이라고 자신했다가도, 너무 사소한 이야기 같아 망설였다. 글쓰기 플랫폼이나 SNS에 공개하지 않고 혼자만 읽으려고 한글 파일 속 '일기장'에 묻어둔다고도 했다.

"저도 숙제할 때마다 고민했어요. 딸에게 쓰는 편지, 남편의 텃밭, 고양이와 친구 이야기, 모두 너무 개인적인 이야기라서요. 그러나 내가 누군가의 엄마이고 아내이고 친구이듯이 글을 읽는 독자도 누군가의 엄마나 아내나 친구니까 공감할 무언가가 있으리라 생각했지요. 나는 외딴섬에 뚝 떨어져 있는 개인이 아니라 온 세계와 연결된 나니까요."

20여 년간 고급 독자였다가 글 쓴 지 넉 달 된 텃밭싫어 님은 말했다.

우리는 단체 메시지방을 통해 서로 이어져 있다. 원고료를 주는 것도 아닌데, 마지막 문장에 마침표를 찍고도 수십 번 읽은 뒤에 공유한다. '쓰는 사람이 된 나'를 어디까지 드러내는 게 좋을지 함께 고민한다. 서로를 단련시키고 북돋아주면서 쓴 글은 더 이상 일기가 아니다. 서로의 삶과 글쓰기에 울림을 주는 에세이다.

우거지상을 편 엄마는 찌질하지 않아

'스카이 블루'를 찾아갈 때는 길치라도 안심하시라. 포구에서 바다로 직진하라는 4차원 내비게이션도 골칫거리는 아니다. 그곳의 주인님은 집에서 나설 때, 안면도에 들어섰을 때, 전화를 해준다. 고남 방향으로 쭉 달리면서 꽃지와 샛별 해수욕장을 지나고, 장곡이라는 두 번째 팻말에서 오른쪽으로 꺾어 들라고. 점쟁이 팬티를 입었을까? 운전하던 남편은 주인님이 예언한 대로 말했다.

"바다라면서? 이 길 맞아? 산으로 가는데?"

이 여행은 단 한 가지, 그저 바다가 보이는 방에 묵는 것으로 충분하다. 겨울 바다를 거닐고 싶다는 사치스러운 생각은 품지도 않았다. 8개월 된 아기는 내 '덕후'가 된 지 오래, 나는 초능력자로 진화하고 있다. 10kg이 넘는 아기를 안고서 샤워하고, 머리도 감을 수 있으며 블라우스 단추를 채울 수도 있다.

짐을 풀고 방 안에서 바다를 보았다. 나는 각오를 지키기 어려운 얕은 인간, 바다 가까이로 가고 싶었다. 아기도 부추겼다. 혼자 서고 한 발자국씩 떼기도 하는 아기는 잠자코 한 곳에 있지 못한다. 쉴 새 없이 옮겨 다녀야 할 아기가 어쩐 일로 통창에 붙어 서 있었다. 이유식을 받아먹으며 끊임없이 옹알거렸다. 밥알까지 튀기면서 정열적으로 바다에게 말을 걸었다.

나와 보니 바닷바람은 매웠다. 우리 넷은 희희낙락했다. 제규는 겨울방학 숙제한다며 조개를 줍고 해변을 달렸다. 나는 본능적으로 저 끝까지 가보고 싶다는 생각을 했다. 그때 아기를 안은 남편이 "선규 콧물 흘리는데?"라고 했다. 밥벌이할 때 말고는 화장실 갈 시간조차 빠듯한데, 아기가 감기 걸려서 앓으면 코딱지만 한 자유도 귀해지겠지.

숙소 안에서라도 해 지는 모습을 봐야 했는데 놓쳐버렸다. 우리는 나름의 재미를 만끽했다. 채널이 아주 많이 나오는 텔레비전, 청춘의 어느 한때처럼 바다에서 젖은 양말을 드라이어로 말리는 추억 놀이, 다락 같은 2층에 어떻게 침대를 올렸을까 하는 탐구 생활, 동화에 나올 듯한 창문을 통해 내다보는 어두운 바다.

우리가 묵는 방 '지브라'는 얼룩말 무늬 콘셉트의 복층 구조. 형광등을 끄고 스탠드를 켜야 진짜 매력을 볼 수 있었다. 방 안에 서 있는 키 큰 나무 한 그루, 그 나무가 만들어내는 그림자는 예사롭지 않았다. 고등학생 때 지리산에서 쏟아지는 별을 볼 때도 이런 뭉클함이 있었다. 텔레비전을 끄고, 식구 넷이서 나무 주위에 모여 얼쩡거리며 놀았다.

가짜 나뭇잎이 만들어내는 진짜 그림자는 마음을 움직였다. 정약용 산문집에 국화 그림자 이야기가 나온다. 국화꽃이 핀 담장을 쓸고, 초를 켜서 꽃 그림자를 감상하는 게 수묵화를 보는 듯하다고. 아, 그 서정적인 감동을 조금 알겠다. 세상에 온 지 1년 안 된 아기도 마음이 동했나. 자꾸 나무로 다가서라고 손짓하면서 헤실헤실 웃었다.

"엄마, 선규 좀 봐. 완전히 동네 바보 형 같아."

어릴 때는 동네 바보 형이나 누나도 시설에 격리되지 않고 함께 놀았다. 뒷산에다 본부를 만들고, 큰 나무 밑동에는 보물이라며 배추나 무를 서리해서 숨겨놓았다. 제규는 특별한 장난감 없이 해가 질 때까지 놀고, 또 놀고, 그렇게 놀면서 자라는 세계를 모른다. 잘생긴 나무 한 그루만 있어도 남자 여자 가리지 않고 타잔 놀이도 했다. 나는 남편을 보았다.

"여보, 어릴 때 타잔 놀이 해봤지?"

"내가 타잔이었어."

남편이, 그 옛날 동네 바보 형으로 밝혀지는 순간에 제규와 나는 빵 터졌다. 마주보면서 웃다가 바닥을 뒹굴면서 웃었다. 그러나 우리 사이는 아기가 태어나면서 자주 위태위태했다. 좋다가도 툭 하면 마음에 상처를 주었다. 삐친 마음을 서로 모른 척 할 때도 많았다. 역시나 제규는 다시 아기를 안은 내게 한 방 먹였다.

"엄마, 선규 왜 데려왔어? 고모한테 맡기고 우리끼리만 오면 되잖아."

열 살 터울로 동생을 본 제규는 아직도 저항 중이다. 존재감 100%의 사춘기 소년, 한 밤 자러 오면서도 좋아하는 이불에 드라이버(어떤 쓰임새를 예상하고 챙긴 걸까?)까지 가져오는 까칠남. 내가 뭐라고 태클을 걸기도 전에 인상부터 써서 기선을 제압한다. 아무리 물어도 초강경 자세로 일관되게, 대답하지 않는다.

남편은 한밤중에 제규와 둘이서 바다로 갔다. 무슨 말을 주고받을까. "엄마는 동생만 예뻐해."라고 뒷담화를 할까. 그러나 전화기로 들려오는 남편과 제규 목소리는 드높았다. 폭죽놀이를 할 건데 나오지 말고 구경만 하라고 했다. 이윽고 소박하게 솟아오르는 폭죽! 제규는 언제쯤 저 자리에 끼지 못한 동생의 존재를 인식할까나.

새벽에 일어나서 책을 읽으려는데 형광등을 켜는 게 아까웠다. 간밤에 본 어룽어룽한 나무 그림자는 제규가 자는 2층의 침대까지 뻗어 있었다. 제규는 집에서 가져온 이불을 덮고 자고 있었다. 자기도 동생처럼 사랑해 달라며 눈물을 쏟고, 아기를 안고 있어도 내 품으로 파고드는 처절함이 빠진 얼굴은 편안해 보였다.

마침맞게 눈까지 내렸다. 돈을 주고 살 수 없는, 선물 같은 시간이었다. 하늘빛을 닮아 바다는 칙칙하고, 하얗게 덮여가는 해변은 원시의 느낌이 났다. 통유리 문을 열어 발코니에 쌓인 눈을 들여다봤다. 맨눈으로도 눈 결정체가 보여서 제규와 선규 손바닥에 올려줬다. 눈은 아이들의 따스한 체온에 스르르 녹았다.

나는 창문까지 열어놓고, "좋다! 좋다!" 감탄했다. 밥하던 남편은 "나갔다 와. 대신 전화기 갖고 가. 아기 울면 전화할 테니까 바로 와."라고 했다. 젖을 먹는 데다가 엄마 덕후 놀이에 흠뻑 빠져 있는 아기가 보일 반응은 너무나도 뻔했다. 그래도 나는 눈에 보이는 대로 남편 겉옷을 걸쳐 입고 밖으로 내달렸다.

방 안에서 보는 바다는 고요했다. 전날 남긴 사람들의 흔적은 지워져 있었다. 내 눈앞의 바다는 '달겨드는' 파도를 껴안으려 짐승처럼 포효했다. 그래, 아이와 싸울 때에 촛불처럼 타 들어가면 안 된다. 파도처럼 들고 나야 한다. 날마다 말끔한 얼굴이어야 한다. 느닷없이 뛰어들어도 어색하지 않은 바다처럼, 와락 안길 수 있는 '육체파' 엄마여야 한다.

그러나 안다. 어떤 여행을 해도 나는 자라지 못했다. 아무리 큰 깨달음을 얻어서 일상으로 돌아와도, 아이들 손바닥에 올려놓은 눈처럼 처음의 각오는 형체조차 짐작할 수 없게 사라졌다. 그래도 기억하려 애써야지. 바다도 악을 쓰고 발버둥 치며 아름다워진다는 것을. 제규랑 한 판 붙고 난 뒤에 우거지상을 펴지 않으면, 찌질한 엄마가 된다는 것을.

4장

계속 쓰면 책이 될까

꾸준히 쓰기 위한
단체 메시지방

현재 집중하는 것에 따라서 과거의 자신에게 알려주고 싶은 게 다르다. 어떤 어르신은 그 술을 마시지 말라고, 어떤 중년은 그 주식을 사야 한다고, 어떤 청년은 그 직장에 빨리 사표를 내라고, 어떤 어린이는 그 세뱃돈을 엄마한테 맡기지 말라고, 어떤 작가는 그 이야기를 꾸준히 써야 한다고.

내 가난은 노트북을 켜면 드러났다. 쟁여놓은 원고가 하나도 없었다. '한 가지를 정해서 꾸준히 썼으면 얼마나 좋았을까.' 하나 마나 한 후회를 했다. 처음으로 엄마가 되었을 때 나는 좌절했다. 육아와 밥벌이 말고는 다른 걸 할 수 없었다. 아기 돌이 지나고 젖을 떼고 나니까 혼자 보내는 시간이 주어졌다. 새벽이

나 한밤중을 따지지 않고 달렸다. 마라톤 대회에 나가 하프 코스를 열 번 넘게 뛰었다. 그때도 글을 쓰고 있었는데, 왜 달리는 이야기를 남기지 않았을까.

지지하는 대통령 후보가 낙선해서 세상 망한 듯 울고 나서는 뜬금없이 영어공부에 매진했다. 밥벌이하고 애들 키우면서도 영어책을 읽고 원어민 수업을 받으러 다녔다. 자궁 근종 수술을 받고 병원 침대에 누워서도 영어 오디오 파일을 들었다. 이어폰을 끼고서 잠자리에 들었더니 몇 달 만에 귀에서 오토바이 엔진 소리가 났다. 치료를 받아도 깔끔하게 물러나지 않는 이명 때문에 한동안 고생했다. 그때도 글을 쓰고 있었는데, 왜 미친 사람처럼 몰두했던 공부를 기록하지 않았을까.

특별할 것 없는 하루하루가 모여 인생이 된다. 호수공원을 산책하면서 알아가는 꽃, 아이와 동시에 좋아하는 유튜브 채널을 보고 신나게 나눈 이야기, 카페 갈 때마다 모험하듯 마셔보는 새로운 음료, 점심 먹고 20분씩 하는 필사, 눈 뜨자마자 선곡해서 듣는 아티스트의 노래 등을 기록하는 것은 도전이다. 하다가 그만둔다고 해도 일상이라는 대지 위에 흔적을 남긴다.

작심삼일은 무언가 계속해보려는 인류를 무력화시켜왔다. 새해가 밝았다고, 고등학교 3학년이라고, 군 복무를 마쳤다고, 아기 아빠가 되었다고, 평생 약을 먹어야 하는 병에 걸렸다며 마음을 굳게 먹은 사람들의 마음을 하루 이틀 만에 흔들어버렸다. 작심삼일을 뛰어넘은 사람들은 흔하지 않아서 특별해 보였다. 책이나 다큐멘터리, 그리고 유튜브에서나 만날 수 있었다.

원고 마감이 있고, 대면으로 하는 글쓰기 수업은 7개월 과정이다. 학교를 졸업하는 것처럼 수업이 끝나면 자연스럽게 글쓰기를 그만두는 사람들이 나왔다. 쓰는 사람이 되라고 독려한 나는 비공식적으로 1기와 2기 수업을 이어갔다. 새로 3기까지 꾸려서 한 달에 글쓰기 수업을 6회나 했다. 버거웠다. 진짜로 출판사와 계약하고 책을 펴내는 사람이 나올 때까지 하고 싶은데 어떡해야 할까. 의논할 사람이 없으니까 자문자답했다.

"혼자서도 잘 쓰는 사람들 글에 첨삭이 필요할까?"

"아니. 내가 손대지 않아도 되는 글이 더 많아."

"(코로나 전)글에 대한 이야기를 꼭 만나서 주고받아야 할까?"

"아니. 단체 메시지방 열어놓고 계속 대화하고 있잖아."

글쓰기 수업 3기부터는 칼같이 끝냈다. 공식적인 과정을 마치고 나서는 온라인 모임으로 완전히 전환했다. 한 달에 몇 번씩 열리는 작가 강연회 때 만나기로 했다. 단체 메시지방마다 특성에 맞게 마감을 정했다. 어떤 방은 요일마다 돌아가면서 차례로 글을 올렸고, 어떤 방에서는 2주에 한 번씩 일제히 글을 올렸다. 눈팅 금지! 늦더라도 다른 사람이 쓴 글에 소감을 덧붙였다.

신기한 일도 일어났다. 단체 메시지방이 잠잠해지면 '프로 댓글러'가 나타났다. 꽉 막혀버린 글쓰기를 뚫어주기 위해 정신없이 돌아가는 서로의 생활을 물었다. 원고 이야기도 부담스럽지 않게 덧붙였다. 덕분에 단체 메시지방 사람들은 '나를 이해해주는 친구가 많아진 느낌'을 받는다고 했다. 자기가 보는 세계를 유쾌하게, 때로는 가까스로 써서 마감일에 보냈다.

예전에 아이들을 데리고 장애인 체험 부스에 간 적이 있다. 휠체어 타기를 하고 눈 가리고 지팡이에 의지해서 걸었다. 그다음 부스에는 일상에서 접하지 않는 물건들이 가득 있었다. 프로그램을 진행하는 사람은 내가 무엇을 할 때마다 졸졸 따라다녔다. "틀렸어요.", "아, 진짜 맘에 안 드네.", "왜 이렇게 못 해요?" 상처 주려고 작정한 사람처럼 쏘아붙였다.

왜 체험하는 사람을 몰아세울까. 유치원에 다니는 우리 둘째는 울음을 터뜨렸다. 나는 아이를 안고서 그만하겠다고 했다. 진행자는 차갑던 표정을 풀었다. 장애인들은 하루에도 수백 번씩 그런 말을 듣는다고 대꾸했다. 상황을 최악으로 만들어야만 어려운 사람의 처지를 헤아리는 건 아닌데. 둘째를 달래면서 걸어 나오다가 나도 같이 울고 말았다.

나는 사람들의 글에서 발견한 장점을 확대 해석하는 버릇이 생겼다. 아무것도 없는 빈 화면에다가 글을 써서 사람들을 재미있게 하고 먹먹하게 만들고 어떻게 살고 싶냐는 질문을 품게 만드는 글쓰기를 그만두지 말라고 했다. 포기하지 않고 쓰는 자세가 가장 중요하다고 여겼다. 만 3년 동안 왕성하게 쓰고 있는 등산가 님은 내 의도를 알아챘다.

"처음에는 부족한 점도 들어야 하지 않나 생각했지만, 이제는 알겠어요. 좋은 글 한 편을 쓰는 것보다 계속 쓰는 힘을 얻는 게 중요하다는 걸요. 같이 글 쓰는 사람들끼리 품평회를 하는 건 쓰는 힘을 빼앗는 것 같아요. 작가님이 사막에서 보석을 찾는 심정으로 말도 안 되는 글에서 칭찬할 만한 것 하나라도 찾아내주어서 우리 팀 회원들끼리도 그렇게 할 수 있었어요. 멀리 갈 수 있는 태도를 작가님이 만들어준 거죠."

닫는 때를 따로 정하지 않은 단체 메시지방, 몇 년이 지나도 이제 막 사랑을 시작한 사람들처럼 글쓰기 바깥의 일상까지 공유하고는 했다. 세대를 뛰어넘는 친밀함이 서로를 물들였다. 유명한 작가들보다 함께 글 쓰는 사람들에게 자극을 더 많이 받는 듯했다. 어떤 글에 '나도 쓰고 싶은 이야기였는데….'라는 댓글을 달고는 같은 글감을 다른 관점으로 접근해서 쓴 글을 올리기도 했다.

유목하라 님은 쌍둥이 딸들이 중학교 입학한 뒤부터 육아에 덜 치였다. 폭우와 폭설 같은 천재지변이 닥치면 현장에 나가고, 월말과 연말에는 사무실에서 야근할 때가 많아 여전히 동동거리며 살았다. 그는 늦잠 자는 게 당연한 주말에 일찍 일어났다. 이유는 두 가지, 건강검진을 앞두고 체지방을 바짝 줄이기 위해 공원에서 달릴 때와 세 평짜리 베란다에서 글을 쓸 때.

그는 스스로 글을 잘 쓴다고 생각했다. 글쓰기 수업에 참여하고서 자기 글에는 오만과 허영이 넘친다고 혹평했다. 솔직하고 재미있게 쓰려고 노력하는 유목하라 님은 꿈속에서 날아갈 듯 기뻤던 일도 기록했다. 글쓰기 플랫폼에 올린 글에 스마트폰이 뜨거워질 정도로 '좋아요'가 쌓였다. '그렇다면 오늘쯤 사표 써볼까?' 흐뭇하게 미래 설계를 하고 나니 잠을 깨고서도 달콤했다. 글쓰기는 하루아침에 이루어지는 게 아니니까 꾸준하게 쓰는 자신을 칭찬했다.

"글쓰기 수업에 스스로 찾아간 제가 대견해요. 더 대견한 것은 멈추지 않고 계속 같이 나아갔다는 거예요. 잡히지도 않는 상을 찾아서 함께 걸어가다 보니 책 한 권 분량의 글을 쓴 것도 저에게는 기적 같은 일이었지요."

잘 쓴 글은 누구나 알아본다. 다른 사람이 쓴 글에서 마음에 남는 문장을 발견할 때, 친정엄마 디스를 시트콤처럼 유쾌하게 풀어낼 때, 작은 것을 보고도 깊은 사유를 끌어낸 글을 읽을 때, 사람들은 부러워하면서도 어쩔 수 없이 자기 글과 비교했다. '먹고사는 일도 고달픈데 나아지지도 않는 글쓰기에 매달려야 할까?' 빨리 결론 짓고 싶은 몇몇은 슬그머니 단체 메시지방에서 퇴장했다.

떠나봐야 돌아가고 싶은 곳을 생각할 수 있다. 한두 달간 글쓰기와 절교하고 지내면 자기가 쓰고 싶어 했던 게 선명해지는 듯했다. 시간을 뛰어넘어 대대로 전해지는 작품을 추구하는 게 아니었다. 쓰고 싶은 자기 이야기가 많았다. 분발하게 만들고 따라서 쓰고 싶다는 자극을 주는 단체 메시지방이 필요했다. 사람들은 다시 돌아온 글쓰기 동료를 머쓱하지 않게 환영해주었다.

노트북과 스마트폰으로 연결된 단체 메시지방은 삶을 반영한다. 아무리 깨끗하게 정리해도 책상은 무질서해지고, 오랜 친구들과 어린애들처럼 실컷 웃고 놀아도 쓸쓸해지는 것처럼, 아무리 맘에 드는 글을 써도 다음 날부터 갑자기 턱턱 막혔다. 꾸준히 쓰겠다는 마음은 간단하게 무너졌다. 그러나 요새처럼 지켜주는 단체 메시지방 덕분에 어떻게든 힘을 냈다. 술술 안 써지는 날에도 다른 사람이 기댈 수 있는 등이 되어주었다.

작가라는 호칭이 주는 희열

아이들은 아이들끼리 알아봤다. 옆 동네 사는 아이의 이름과 학년을, 누구의 동생이고 누나인지를 귀신같이 파악했다. 어른들은 동네 아이들도 헷갈리는지 "네가 살구나무 집 둘째냐, 셋째냐?"고 물었다. 교복 입고 막차에서 내리는 고등학생쯤 되어야 이름을 정확하게 불렀다. 어른들은 때때로 당신들보다 더 훌쩍 큰 학생들을 붙잡고 설교했다. 대학에 가든 취직을 하든, 사람 많은 도회지로 가라고 했다.

글쓰기 수업을 하는 나는 시골 어른들처럼 말했다. 단체 메시지방에서 우리끼리만 글을 쓰면 안 된다고 못 박았다. 처음에는 블로그를 열라는 숙제를 내줬다. 글이 채택되면 원고료를 주는 「오마이뉴스」도 추천했다. 아직은 자신 없다고 망설이는 사람들한테 『처음부터 잘 쓰는 사람은 없습니다』의 한 문장을 읽어주었다.

> 에세이스트가 되고 싶다면, 당신의 이름이 실릴 수 있는 온라인이든 오프라인이든 단행본이든 어떤 형태로든 지면을 갖는 사람이 되어야 한다.

모든 이야기는 크고 작은 시련을 품고 있다. 주인공은 셀 수 없이 많은 관문을 통과하며 성장한다. 나는 글쓰기를 시작한 사람들의 조력자. 중심인물이 아니니까 눈비 맞으며 벌판에서 구를 일은 없었다. 다만, 주인공이 나아가는 데 걸리적거리는 돌부리를 치워야 했다. 자잘한 의문에 발목 잡히지 않도록 성실하게 답해야 했다.

숙제하고 싶어도 블로그 여는 법을 모른다는 사람들이 있어서 밤중에 출근했다. 블로그를 개설하고 글과 사진까지 올리는 걸 보여주니까 다들 말했다. "쉽네!" 나는 그 말을 반만 믿었다. 한 사람씩 마우스를 클릭하면서 직접 해보게 했다. 그런데도 하루 이틀 뒤에는 다급하게 물었다. "큰일 났어요. 갑자기 블로그에 사진이 안 올라가요." 어느 토요일 오후에 그걸 알려주러

달려가는 나 자신이 웃겼다. 우리 식구들은 디지털에 약한 나를 '연쇄질문마'라고 놀리는데.

사람들이 가장 많이 도전한 매체는 「오마이뉴스」의 '사는 이야기'였다. 지인들이 절대 성공할 수 없다고 말린 음악 카페를 시작한 일, 비영리단체의 청소년 활동가로서 고민하는 모금의 명분, 사춘기 아이가 엄마 생일이라고 미역국 끓여서 차려준 밥상, 몇 년째 암 투병 중인 친정어머니의 머리를 다듬어주는 남편 이야기 등을 썼다. 모조리 채택되지는 않았다.

실패담은 전염성이 강했다. 작은 냇가의 징검다리를 건너듯 쉽게 생각한 사람들이 하나둘 포기했다. '아마 나는 안 될 거야.'라는 지레짐작에 맞설 면역력을 길러줘야 했다. 나는 고대부터 전해 내려온 특별한 비법을 알고 있었다. 열 번 스무 번의 도끼질로 나무를 쓰러뜨리듯이 정성스럽게 잔소리했다. 세상에는 수많은 편집자와 편집 기준이 있으니까 세 번씩만 도전하자고 등 떠밀었다.

매체에 사람들 글이 실릴 때마다 단체 메시지방에 공유했다. 글을 쓴 사람들은 너무 좋아서 울었다거나 스마트폰을 손에 쥐고서 방방 뛰었다고 했다. 직장 동료들이 갑자기 자신을 대문호처럼 대해서 쑥스러웠다고도 말했다. 밥벌이하고 아이들 키우고 아파트 대출금 갚는 성인들이 어린아이처럼 신나 하는 게 귀여웠다.

나는 글쓰기 수업에 참여한 사람들이 이룬 성취를 SNS에 공유했다. 자식 자랑 하는 게 아니니까 커피나 밥 사라는 댓글은 없었다. 오래전 내가 어느 주간지의 칼럼을 보고 '이런 글이라면 나도 쓸 수 있겠다.'고 생각했던 것처럼, 사람들은 '나도 쓰고 싶다.'는 마음이 일었나 보다. 글쓰기 수업에 신청하고 싶다는 댓글을 주로 달았다.

'기자님의 기사가 방금 채택되었습니다.'

정글 님은 자신의 첫 글이 「오마이뉴스」의 '사는 이야기'에 채택된 순간을 잊지 못한다. 예순을 바라보는 나이에도 그림을 그리고 박사과정을 마친 그는 메신저 프로필을 손주 사진으로 쓰는 사람들을 비판적으로 바라봤다. '자기가 뭐 손주인가?' 그러나 딸이 아기를 낳은 순간부터 '손주 바보들'을 완벽하게 이해했다. 매체에 보낸 정글 님의 첫 글도 당연히 손주 예찬이었다.

"내 글이 글로서 인정받았다는 생각이 들었다. 기쁨을 감출 수가 없었다. 활자화된 글은 사뭇 다른 느낌이었다. 새 옷으로 갈아입은 듯 신선했고, 남의 글을 읽을 때와 같이 일정한 거리를 유지하며 천천히 읽어보았다."

정글 님을 '이 작가'라고 부르는 남편은 아내의 이름 석 자가 들어간 매체를 들떠서 바라봤다. 가족 단체방에 정글 님의 글을 공유했다. 딸들과 아들에게는 엄마에서 글 쓰는 엄마가 됐다. 정글 님의 마음 깊은 곳에서부터 글쓰기에 대한 열망이 커져갔다. "낯설고 두렵더라도 어디 한번 가보자." 3개월 사이에 여섯 편의 글을 매체에 송고했다. 그중에 가장 공들여 쓴 글은 채택되지 않았다.

낙담에 빠지는 건 쉬웠다. "역시 난 글쓰기에 소질이 없는 걸까?" 정글 님은 글쓰기 수업의 선배이기도 한 친구 꽃다람쥐 님에게 하소연했다. 남편의 허물을 유머로 승화시키는 글을 쓰는 친구도 두 번이나 실패했다고 했다. 정글 님은 한 번 채택되지 않았다고 수치심까지 느끼는 자신에게 다정해졌다. 자존심을 세우지 말자고 토닥였다.

정글 님은 글쓰기 수업에 온 지 여섯 달 만에 질병코드 D(상피내암)에서 C(악성 암)가 된 이야기를 꺼냈다. 유방암이라는 진단 결과를 듣는 순간 병원은 사막으로 바뀌어버렸다. 혼자서만 막막한 곳에 떨궈진 기분이었다. 꿈이라고 우기고 싶어서 눈을 꼭 감아버렸다는데. 그는 도저히 받아들일 수 없는 불청객과 지내온 4년간의 투병기를 쓰기 시작했다.

·

글쓰기 수업 하는 사람들이 마지막으로 도전하는 매체는 글쓰기 플랫폼 '브런치'였다. 오디션 프로그램처럼 심사를 거치고 나면 자동으로 작가라는 호칭이 붙었다. 단박에 되는 사람은 많지 않았다. 다들 몇 번씩 떨어질 거라는 각오로 도전했지만 '안타깝게도 이번에는 모시지 못하게 되었습니다.'라는 메일을 받으면 상심했다.

"아, 네가 바로 「아빠 트럭을 탄 날」을 쓴 작가구나!"

글 한 편을 쓴 어린이가 작가라고 불릴 때 얼마나 행복한지 보여주는 책 『헨쇼 선생님께』. 주인공 리보츠의 머릿속은 '진짜 살아 있는 작가가 나를 작가로 불렀다'는 생각으로 꽉 찼다. 브런치 작가에 합격한 어른들의 뇌 구조도 비슷하지 싶었다. 작가, 나도 브런치 작가, 꿈에 그리던 작가. 일흔여섯 살에 브런치 작가가 된 노년의예술가 님은 말했다.

"살다 보니까 정말 이런 날이 다 있네요. 정말 재밌어요. 브런치 작가 생활하면서 인생을 새로 사는 것 같아요. 찐팬도 많이 생겼어요. 제가 수십 년간 다도를 하고 수를 놓았지만 주인공은 아니었거든요. 글 쓰면서부터 제 삶의 주인이 됐어요. 글 쓰는 공간은 그런 것 같아요. 인격적으로 존중받아요. 가슴에 상처 남고 그럴 일도 없어요."

나는 숨은그림찾기 하듯이 글쓰기 수업 사람들의 글을 매체에서 찾아냈다. 노트북을 켜고 포털을 열자마자 보이는 곳에 배

치된 글도 종종 있었다. 같이 밥을 몇 번 먹은 적 있는 사람이 텔레비전에 나온 것처럼 반갑고 뭉클했다. 글쓰기 수업 동료들은 자기 일인 것처럼 '글이 재미있어요.', '엄마 생각 나네요.' 같은 댓글을 캡처해서 공유했다.

안정적으로 자기 자리를 잡고 나서야 본격 탐구하는 글쓰기 플랫폼. 색다른 시선으로 다양한 세계를 쓰는 작가들이 정말 많았다. 어느 순간부터 글쓰기 수업 단체방은 두 부류로 나뉘었다. '왜 이렇게 글 잘 쓰는 사람이 많아?' 촉촉했던 마음의 수분이 증발되는 사람과 '헐! 끊임없이 업데이트하잖아?' 감탄하며 쉬지 않고 쓰는 사람으로.

사람들의 보편적인 꿈은 내 이름으로 된 책을 내는 것, 독자들에게 사랑을 받는 것. 한 가지 주제로 스무 꼭지 이상 써서 출판사에 투고한 뒤에 긍정적인 연락을 받은 사람은 없었다. 나는 조금 다른 길로 가봐도 괜찮겠다고 판단했다. 독립 출판, '내 책'의 물성을 느껴보고 싶은 사람들은 환호했다. 우리는 한 번도 가보지 않은 미지의 땅에 발을 들여놨다.

처음 만나는 내 책

미지의 땅은 스마트폰 없던 시대에 더 오싹했다. 친정에 다녀오던 어느 밤, 국도의 가로수는 점점 안개에 잡아먹히고 있었다. '영원'이라는 낯선 이정표를 연속 두 번 지나칠 때부터 불길했다. 죽으면 이렇게 자욱한 길을 통과해서 저승으로 갈까? 나는 자동차 뒷자리에서 잠든 아이의 이름을 불렀다. 기척이 없었다. 아이가 짧은 다리를 까딱거리며 따라 부르기 좋아하는 만화영화 주제가를 크게 켰다. 잠에서 깬 아이는 울지 않고 물었다.

"엄마, 집에 다 왔어?"

"아직."

"그럼 여기 어디야?"

"모르겠어. '영원'이라는 동네랑 가까운가 봐."

어떤 상태가 끝나지 않고 계속 이어진다는 영원. 뜻을 모르는 아이는 하품했다. 나는 귀신에 홀린 것 같은 기분이었다. 차를 세우면 정체불명의 무언가가 확 덮칠 것 같은데, 기저귀를 떼고 팬티 입는 게 자랑스러운 아이는 오줌 누고 싶다고 했다. 안개 속에 무방비로 서서 아이 바지를 내려주었다. 종이컵에 물 따르는 것 같은 오줌 소리도 으스스하게 들렸다. 나는 잽싸게 아이를 들어 올려 차에 태웠다.

두려운 마음은 익숙한 지명을 봐야 걷힐 것 같았다. 아이는 곧 잠들었고 나는 남편한테 전화를 걸었다. 고창 선운사 지나서 길을 잃었다고, 똑같은 이정표가 자꾸 나온다고 했다. 남편은 "국도라서 그럴 수 있어. 가다 보면 아는 데 나올 거야."라고 말했다. 뾰족한 수가 없어서 앞으로만 갔다. 한참 만에 발견한 이정표는 '정읍'. 친정에서 우리 집 가는 길에 단 한 번도 지나친 적 없는 도시였다. 그래도 마음이 놓였다. 몇 번 가본 곳이니까.

곁에서 작업 과정을 구경해본 적 없는 독립 출판. 무슨 일을 얼마나 겪은 뒤에 완성할지 가늠할 수 없었다. 처음 가는 길이니까 '독립 출판'이라는 목적지 설정부터 했다. 단체 메시지방에 세운 이정표를 보고 열다섯 명이 손을 들었다. 우리는 출판사와 원고 계약서를 쓰고 일하는 작가처럼 원고 마감을 정했다.

"그냥 아무나 돼!"

예능 프로그램에 나온 가수 이효리 씨가 초등학교 2학년 아이에게 한 말이었다. 멋있어 보여서 나도 글쓰기 수업 시간에 몇 번 따라 했다. 그냥 아무거나 써도 된다며 식구들, 밥벌이, 일상, 취향 등을 물었다. 그러나 책은 다르다. '내 책을 갖고 싶다.'는 오랜 꿈을 실현하는 일, 잘 만들어야 한다. 책은 돈 내고 사는 상품, 출판사에서 작업하는 것처럼 정성과 시간을 들여야 한다.

힘들면 슬그머니 그만두고 싶어지니까 출판 기념회 날짜부터 정했다. "시월의 마지막 밤, 아직 여덟 달이나 남았어." 느긋한 마음에 긴장감을 불어넣으려고 출판 기념회 포스터에 '참여 작가' 이름을 넣었다. 사람들은 첫아기 이름 짓는 것처럼 고민했다. 전날에는 실명, 당일에는 필명, 아침에는 실명, 저녁에는 필명으로 바꿔 달라고 했다. 웹포스터 디자인 확정에 사흘이나 걸리다니. 독립 출판 하면서 넘은 첫 번째 오르막길이었다.

책의 주제는 1~2년 동안 쓴 원고에 있었다. 넘치면 추려내고 부족하면 채워넣자고 했다. 책의 목차를 만들어서 대면 모임을 가졌다. 그림책, 환경, 어머니, 부부 생활, 텃밭, 첫 자유 여행, 유년, 주방 표류기, 경제 자립, 노년의 삶, 직장 이야기 등. 사람 수만큼 프린트해서 보는 목차는 마치 내비게이션 같았다.

그대로 따라가면 각자의 책을 만날 수 있을 거라고 생각했다.

나는 독립 출판의 기획자. 그러나 몇 명은 글쓰기 수업의 연장선으로 인식했다. 내가 원고 전체를 일일이 읽고 첨삭해주는 게 당연하다고 여겼다. 편집자가 아니니까 목차까지만 봐줄 거라고 해도 소용없었다. 서점에 맡겨놓았다면서 350매짜리 원고를 빨리 검토해 달라고 재촉했다. 내 손길이 '진짜' 필요한 원고만 싸 가지고 다니면서 틈틈이 읽었다. 두 번째로 넘은 오르막길이었다.

원고는 독립 출판만 하는 지역 출판사에서 표지 디자인, 내지 디자인, ISBN(국제 표준 도서 번호) 작업까지 10만 원에 해준다. 이 한 문장 속에는 수없이 많은 선택과 갈등이 포함되었다. 제목, 교정 작업, 글씨체, 책 가격 등을 결정하거나 마음 상하는 일이 생기면 단체 메시지방 동료들의 집단 지성에 기대지 않았다. 무조건 나한테 하소연하는 사람도 있었다.

그때 나는 넉 달 사이에 동화, 인문지리서, 에세이를 펴냈다. 교정지를 보다가, 초등학생 둘째 학교 보낼 준비하다가, 점심 먹고 잠깐 산책을 하다가, 글쓰기 수업 글에 첨삭을 하다가, 야근하고 와서 소파에 털썩 주저앉아 있다가 난생처음 독립 출판 하는 사람들의 연락을 받아야만 했다. 세 번째로 부닥친 길은 너무 가팔라 보였다.

'처음 하는 일이니까 그럴 수 있지. 나 말고는 물어볼 데도 없잖아.' 단단해서 바위 같은 줄 알았던 내 마음은 자잘하게 부서져 나갔다. 축하 연주해줄 클래식 팀을 섭외하고, 시장과 국회의원을 초대하고, 출판 기념회 대본까지 짜고 나니까 번아웃이 왔다. 이른 아침에 대나무 빗자루로 쓸어낸 마당처럼 '독립 출판은 한 번으로 족하다.'는 결심이 마음에 선명한 자국을 남겼다.

하필이면 나는 해피엔딩에 약한 사람. 꿈을 현실로 만든 사람들이 모여 있는 출판 기념회. 지켜보는 이들조차 울컥할 정도로 절절하게 책 쓴 소감을 말하는 순간, 감나무에서 떨어지는 바람에 천재에서 바보가 된 '무한상사'의 정과장처럼 확 달라졌다. 독립 출판의 씨앗을 틔워준 서점도, 친밀하고 따스한 별이 되려던 나도, 눈비 맞으면서도 끝까지 데뷔작을 쓴 작가들도 한없이 아름답게 보였다.

해가 바뀌고 나는 또 '독립 출판'이라는 이정표를 단체 메시지방에 세웠다. 자신을 제대로 표현할 때마다 기쁨을 주던 글쓰기에서 책 펴내기로 도약하자고 했다. 독립 출판으로 출간하기에 아까운 원고는 출판사에 투고하거나 '우수 출판 콘텐츠 지원 사업'에 내자고 북돋아주었다. 하는 데까지 해보고 포기해도 된다니까 열일곱 명이 신청했다.

"첫 대면 모임 때 책을 쓰는 이유와 목차를 돌아가면서 말할 거예요. 그 시간에 서로 자극을 많이 받더라고요. 제목과 부제, 목차를 쓰신 분들은 단체 메시지방에 올리세요. 아, 그리고 저는 편집자 아니에요. 원고를 봐주지 않습니다. 서로서로 글을 읽어 주면서 편집자 역할을 해야 합니다."

1년 전에 겪은 일은 헛되지 않았다. 사람들이 인쇄소를 겸하는 출판사에 원고를 보내고서 숱한 선택을 할 때, 날아오는 질문에 즉각적인 답을 하지 않았다. 글의 구성, 디자인, 글씨체, 표지 디자인, 책 가격을 묻는 건 자기 결정에 확신을 갖기 위해서였다. 나는 단체 메시지방에 같이 있으면서도 대꾸하지 못하고 있는 이들에게 더 마음을 썼다.

글쓰기, 마을 공동체, 심리, 미술, 자립에 관심을 가진 나비님은 세 아이의 엄마면서 초보 상담사. 퇴근하면 아이들 저녁을 차려주고 난 뒤에 책상에 앉았다. 거의 매일 썼던 원고를 모으고 분류하고 고칠 때마다 막막했다. 글 쓰는 일과 책 펴내는 일은 천지 차이라는 걸 알수록 아이들처럼 감정을 쏟아내며 울고 싶었다. '다음에 완벽하게 만드는 게 낫겠다.'는 쪽으로 몸과 마음이 기울어가던 어느 날, 갑작스럽게 남편과 사별했다.

"남편의 장례식이 끝나자 모든 건 정지되었고 글쓰기는 영원히 돌아갈 수 없는 길이라 생각했습니다. 독립 출판도 나와 상관없다고 생각했어요. 하지만 49재 지나고 다시 글을 썼어요. '그래 해보자. 약속은 지키라고 있는 거니까.' 별안간 마음이 움직였죠."

나비 님이 펴낸 책 『소울: 내 영혼의 작은 울림』에는 상담사 일, 이웃, 식구들, 마을 이야기가 들어 있다. 회사에 다니던 평범한 남편도 등장한다. 일 때문에 심야까지 술 마시고도 다음 날 일찍 출근하던 남편, 식구들과 바다낚시 가서 물고기 한 마리도 잡지 못했던 남편, 뱀과 고라니가 튀어나올 것 같은 마당의 풀을 깎던 남편. 어느 날 나비 님의 남편은 급한 일이 생겼다며 사춘기 큰아이를 불러서 예초기 사용 방법을 알려주었다.

남편은 며칠 뒤에 영영 집으로 돌아오지 못했다. 마당의 풀은 무성해졌다. 큰아이는 아빠를 대신해서 풀을 깎고, 예초기 소리가 무서워서 짖는 강아지 봄이에게 목줄을 채우고, 정글 같던 마당을 본디 모습으로 돌려놓았다. 나비 님은 분명하게 알고 있었다. 마당의 풀은 대책 없이 계속 자랄 거고, 남편의 빈 자리는 커갈 거라는 것을. 그때마다 풀을 깎으면 된다는 나비 님은 프롤로그의 마지막 문장에서 남편에게 마음을 표현했다.

"책을 펴내기 전 불의의 사고로 하늘의 별이 된 영혼의 단짝에게 고마웠다고 전하고 싶습니다."

한글날, 출판 기념회를 열었다. 성질 급한 독자들은 시작하기도 전에 사인 받는다며 줄을 섰다. “시장님이 왜 우리 엄마가 책 썼다고 축하하러 와요?” 초등학교 2학년 어린이의 의심을 풀어주기 위해 시장님도 참석했다. KBS 「시사기획 창」 팀도 이 특별한 경사를 취재하러 왔다. 그러니까 더 대단한 일을 해낸 사람들처럼 보였다.

출간 작가들은 떨린다면서도 주어진 시간보다 길게 말했다. 알아주는 작가가 못 된다고 해도, 계속 써나갈 자신들의 미래가 기대된다고도 했다. 나는 꼭 아이들을 키워서 독립시키는 기분이었다. 입안이 자꾸 말랐다. 마이크 소리가 안 들리는 쪽으로 빠지고 싶었다. 모르는 사람들 사이에 끼어 앉는 바람에 꼼짝없이 들어야 했지만.

글쓰기라는 게 뭐길래 사고 싶은 것도 가고 싶은 곳도 없게 만들까. 내 책을 펴냈다는 게 뭐길래 저토록 큰 감격과 행복을 주는 걸까. 출간하게 되어서 더 바랄 게 없다는 작가들 사이에서 나비 님은 남편 이야기를 꺼냈다. 떠난 사람이 주고 간 힘으로 완성한 책 이야기였다. 움츠러들지 않고 세상과 연결되어 살아가겠다는 다짐이었다.

그리고

글쓰기는 계속된다

궁금하다. '출간 우울증'을 일으키는 호르몬도 존재할까. 에스트로겐과 프로게스테론은 산모를 불안정하게 만들어서 산후 우울증을 앓게 한다. 갓난쟁이 엄마가 갑자기 눈물을 쏟고 입맛을 잃고 잠을 못 자면, 다그치지 않는 게 상식이다. 전문가들처럼 아기와 애착 관계를 형성하는 모유 수유를 권하면서도 산모가 육아와 집안일에 신경 쓰지 않도록 한다. 격렬하게 입덧할 때처럼 무슨 요구든 들어주려고 대기한다.

무궁무진하게 평생 변주되는 이야기의 씨앗, 출산. 10개월간 정신적 육체적 고통을 이겨낸 산모가 귀하고 예쁜 아기 옆에서 급작스러운 감정의 기복을 겪는 것처럼, 난생처음 책을 펴낸 작가들도 롤러코스터를 탄 것처럼 감정이 오르내린다. 세상 다 얻은 것처럼 포효했다가 아무도 몰라주면 어쩌나 초조해진다. 그토록 바라던 꿈을 이루고서도 외로움과 허탈함을 느낀다.

'책은 쓴 사람이 파는 물건.' 처음 쓴 책 『우리, 독립청춘』이 우리 동네 서점에 입고되기 전부터 나는 이 진리를 알고 있었다. 하지만 이상할 만큼 쑥스러웠다. 매대에 쌓여 있는 책 표지와 눈을 맞추는 게 어색해서 한동안 서점에 가지 않았다. "사인해줘요." 아파트 주차장까지 찾아온 엄청나게 근사한 독자들에게 나는 진땀 흘리며 사인을 했다.

"작가님, 책은 곧 2쇄 들어갈 것 같아요."

출판사 대표님의 말을 듣고서야 상처에 딱지 앉은 것 같은 서먹서먹한 마음을 떼어냈다. 초판 발행 한 달여 만에 도착한 '중쇄 증정본'과 영수증을 부적처럼 책상에 붙여놓았다. 또 다른 원고를 출판사에 보낼 용기가 났고, 두 번째 책이 서점 매대에 쌓여 있을 때는 날마다 보러 갔다. 일면식 없는 독자들이 내 책을 구입해주다니, 믿을 수 없는 기적을 직관했다.

'눈에 넣어도 안 아픈 내 새끼' 같은 책을 펴낼수록 출간을 염두에 둔 글쓰기는 어려워졌다. 짓누르는 압력에서 벗어나고 싶은 나는 글 쓰는 자세를 바꿨다. 소파나 침대에 누워서 스마트폰을 들고 엄지손가락으로 아무 글이나 한 번에 썼다. SNS에 재

있다는 댓글 한두 개만 달려도 가벼워졌다. 나도 좀 웃자는 마음으로 쓴 동화집 『내 꿈은 조퇴』부터는 출간 후 '텅 빈 마음'에 사로잡히지 않았다.

"책 출간에 총력을 다해서인지 당분간 책도 글도 보고 싶지 않았습니다."

꽃다람쥐 님의 팽팽하고 뜨거웠던 마음은 목표를 이룬 뒤에 질감이 달라졌다. 식구들에게도 아내와 엄마가 아닌 자신의 이름을 걸고 『어디서 저런 보석을 만났니?』를 펴낸 출간 작가로서 인정받는 게 좋았지만, 다시 글을 쓰는 일은 무겁게만 다가왔다. 머리에서 맴도는 글감을 살아 숨 쉬는 한 편의 에세이로 창조하는 게 힘에 부쳤다.

글을 안 쓰고도 노후를 보낼 수 있나. 꽃다람쥐 님에게는 세상과 공동체에 대한 시선을 성찰시켜주는 게 글쓰기였다. 자신과 이웃에 대한 온기를 유지하기 위해 꼭 필요했다. 그래서 처음 책 작업할 때처럼 온몸과 온 마음을 불사르듯 쓰지 않기로 했다. 하루 10분씩만 품을 들여 가뿐하게 쓰려고 한다.

두 해째 열 명 넘는 사람들이 서점에서 시작한 글쓰기로 책을 펴내고, 그중의 절반은 '출간 우울증'을 앓았다. 드디어 꿈을 이루었고, 독자들에게 "정말 재밌게 읽었어요.", "용기 내서 이런 글을 써주셔서 고맙습니다." 같은 말을 들으면 감격스러우면서도 가슴이 불안하게 두근거렸다. 빨리 마음을 정돈해서 글을 쓰고 싶은데 몸이 따라주지 않는다며 괴로워했다.

책 쓰기의 우울과 허탈은 새로운 책 쓰기로 잊히지 않을까? 나는 새해가 되어야 열던 책 쓰기 단체 메시지방을 연말에 먼저 만들었다. 왜 내 이야기를 쓰려고 하는지 명확하지 않아도 좋다고 했다. 무조건 재미있고 짜임새 있게 써야 한다는 마음을 내려놓고 짧은 글이라도 공개된 곳에 써보자고 했다. '좋아요' 하나에도 기분이 달라지는 것을 알지 않느냐면서 무조건 서로의 글을 인정하고 사랑해주기로 했다. 오늘 글을 쓰고, 오늘 동료 작가의 글을 칭찬해준 사람이 되자며 덧붙였다.

"우리의 꿈은 명사로 '출간 작가'였어요. 이제는 동사로 꿈을 가져요. '계속 글을 쓰고 싶다', '내년에도 출간하고 싶다' 뭐 그렇게요."

'꾸준함이라는 재능'을 가진 전국일주 님은 밥벌이로 영어 수업을 하면서 틈틈이 글을 썼다. 장소, 시간, 생활 소음을 따질 만한 여유가 없어서 그저 즐겁게 썼다. 특별한 직종에 종사하거나 유명한 사람만 책을 펴내는 줄 알았는데, 부지불식간에 레벨업 된 자신도 글쓰기 수업 동료들과 출간을 준비했다.

책 작업은 혼자 힘으로 불가능했다. 서로 편집자가 되어 목차를 봐주고 오탈자를 잡아주었다. 전국일주 님은 13년 차 엄마가 쌍둥이 아이들과 보내는 일상을 『다시 태어나도 엄마 아들 할래』로 펴냈다. 첫 책을 받아 든 날은 아기들을 낳았을 때처럼 벅차고 뭉클했다. 쌍둥이들이 웃고 울고 먹고 자는 게 신기해서 힘든 줄 몰랐던 시절로 돌아갔다.

"엄마는 꿈이 뭐야?"

새 학기에 내는 학교 기초조사서에 '장래희망'을 써넣던 쌍둥이 형제가 물었다. 식구들 건강하고, 학원 잘 되고, 주변 사람들 모두 무탈한 게 다였던 전국일주 님은 압도적으로 큰 장래희망을 품고 있었다. 매년 독립 출판이든 기획 출판이든 책을 내는 것, 소유한 재산만큼이나 중요한 건 '내가 하고 싶은 것'을 아는 삶이었다.

"쓰고 싶은 게 많아졌어요. 저희 부부가 집에서도 직장에서도 같이 지내잖아요. 사람들이 어떻게 종일 같이 있냐고 물어보는데 '부부가 같이 일하고 있습니다.'를 써보고 싶어요. 동네 서점에서 수십 명의 작가를 만나는 일도 흔치는 않으니까 그것도 기록해보고 싶어요. 코로나 끝나면 내향적인 가족의 전국 여행도 써야죠. 재밌을 것 같아요."

전국일주 님은 A4 두세 장짜리 글 한 편에 일주일 넘게 매달려도 시간이 아깝지 않았다. 알아주는 작가가 되지 못한다고 해도, 계속 쓰는 자신의 미래가 너무 기대됐다. 출판사에 투고한 원고를 거절당하고 공모전에 보낸 글이 낙방해도 괜찮다며 두 권을 독립 출판으로 펴냈다. 날마다 쓰는 전국일주 님은 값으로 매길 수 없는 순정한 기쁨을 쟁이고 있다.

"힘듭니다. 쓰지 마세요. 남의 작품 읽는 게 훨씬 재밌잖아요."

강연회에서 만난 어떤 작가가 말했다. 문필업의 미래는 너무 암담하다면서 조금 더 젊다면, 조금 더 용기 있다면, 자신은 다른 일을 할 거라고 했다. 우리는 고개를 끄덕이며 작가의 말에 동의(한 척)했다. 어떻게 끝날지 궁금한 이야기, 줄 치고 싶은 문장, 깊은 사유, 울리면서 웃기는 작가의 필력에 감탄한다 해도, 내 글을 완성했을 때의 기쁨에는 못 미친다는 것을 안다.

글쓰기는 때려치우고 싶어도 계속할 수밖에 없는 밥벌이 같다. 글 한 편 완성한 순간의 성취감은 통장에 찍힌 월급을 확인했을 때와 맞먹는다. 내 글을 읽고 대꾸해주는 단체 메시지방 동료들의 존재는 고비마다 나타나는 램프 요정 지니. 우리는 자기만의 방식으로 혼자 쓰면서 또 같이 쓰고 있다.

마흔 살 생일날 영어 학원에 갔다

10월 마지막 날, 나는 (만으로)마흔 살이 되었다. 그날 아침, 선규는 일어나자마자 '쎄게' 울어주었다. 제규는 6번 갈비뼈에 금이 가서 몸 성한 게 얼마나 대단한 건지를 일깨워주었다. 남편은 새벽 1시에 들어와서 3시까지 몇 가지 음식을 하고, 오전 6시에 일어나 밥상을 차렸다.

그날 밤, 난생처음 영어 학원에 갔다. 마흔이든, 예순이든, 새로 시작하는 것은 아름답다는 말에 이끌려서 간 게 아니다. 밥벌이 아닌 일로, 그저 아이들과 떨어져 있는 시간을 갖고 싶었다. 제규는 중학교 1학년. 신비하게도 '유체이탈'을 매우 잘했다. 제규 몸은 학교와 수학 학원에 있는데, 정신은 어디 있는지 모르겠다는 지적을 많이 받았다.

힘들 때는 엎친 데 덮친 격으로 몰아붙이면 시간이 빨리 간다. 뒤늦게 둘째를 낳았을 때도 그랬다. 아기가 건강해서 세상을 다 얻은 것처럼 기뻤다. 밥벌이하면서 첫돌까지 젖 먹이는 건 힘들었다. 그때 EBS 영문법 인터넷 강의를 들었다. 6주 동안 1시간 반씩 강의 듣고 교재 안에서만 출제한 시험을 봤다. 몸은 고달팠는데 이상하게 기운이 났다. 성적이 좋아서 장학금까지 받았다.

영어 학원에서는 주 2회, 화요일 밤에는 텍사스에서 온 데이나 선생님에게 문법을 배웠다. 못 알아들었다. 그래도 영어를 '라이브'로 듣는 게 재밌었다. 토요일 오후에는 박욱현 선생님한테 영어 뉴스, 팝송, 영화를 배웠다. 영어 문제집과는 다른 '진짜' 영어를 알아들을 수 없었다. 막막하고 부끄러웠다. 숙제를 해가는 성실성마저 없었다.

무결석만이 내 목표였다. C형 간염 치료가 끝나지도 않고 돈 많이 드는 검사만 또 하래서 병원 주차장에서 혼자 운 날도, 미용실 원장님이 내가 원하지 않는 스타일로 파마를 말아버려서 저녁밥을 먹을 수 없을 만큼 실의에 빠진 날도 영어 학원에는 갔다. "엄마, 나 낳기를 잘했지? 근데 왜 나를 안 봐줘?" 하고 선규가 내 다리를 붙잡기도 했다.

평일 저녁에 한 번, 토요일 오후에 한 번, 제규한테 선규를 맡기고 학원에 나갔다. 집에 오면 선규 팬티에서 똥 냄새가 날 때도 있었다. 나는 선규가 똥 누고 나면 물로 씻긴다. 제규는 맨손으로 동생 '똥꼬' 씻어주는 일은 못하겠다며 쓰윽 휴지로 스치기만 하고 팬티를 입혀놨다. 나는 급하게 가훈을 정해서 선규 보고 따라 하라고 했다.

"1일 1똥, '모닝똥'을 싸자!"

선규는 어쩔 수 없는 '1일 2똥' 주의자. 똥 묻은 팬티를 입고서도 환하게 웃는 아이에게 익숙해지니까 내가 지지했던 대통령 후보가 낙선했다. 나는 아무 일 없듯 밥벌이를 했다. 멀리서 친구가 찾아왔을 때도 재밌게 놀았다. 그런데 내가 선거에서 떨어진 것처럼 별거 아닌 일로 자주 눈물을 쏟았다. 방학이라 심심해서 더 많이 싸우는 제규와 선규에게 성질을 부렸다.

영화 「노팅 힐」이 생각났다. 줄리아 로버츠는 스캔들을 덮으러 휴 그랜트 집에 왔다. 거기서 또 스캔들이 터졌다. 펄펄 뛰는 줄리아 로버츠에게 휴 그랜트는 말했다. 진정하라고, 정말 아무것도 아니라고, 내일이면 다 잊힌다고. 그렇지만 줄리아 로버츠는 악담을 퍼붓고 가버렸다. 둘은 그 난리를 치고도 해피엔딩을 맞았다. 좋네, 판타지.

당장 스마트폰에 영화 「노팅 힐」을 내려받았다. 귀에 이어폰을 달고 살았던 청춘의 한 시절로 돌아갔다. 손가락으로 짚어가면서 영화 시나리오 소리를 들었다. 그네들은 숨도 안 쉬고 말하는 것 같았다. 그래도 때려치우지 않았다. 제규와 사이도 좋아졌다. 잘 때도 이어폰을 끼고 누우니까 선규가 잠들 때 애먹여도 괜찮았다.

"배지영! 노안 오고 난청 올 나이야. 이어폰 좀 그만 들어."

남편이 말렸다. 나는 시간 없다고 새벽이나 깊은 밤에도 영어를 들었다. 자다 벌떡 일어나서는, 입 근육이 발음을 기억하도록 소리 내서 영어책을 읽었다. 미국 영화를 보던 남편이 "배지영, 저거 알아들어?" 물어볼 때도 있었다. 안타깝지만, 잘난 척할 수 없었다. 그래도 영화 「노팅 힐」을 50번 읽고 들었다는 사실이 뿌듯하기만 했다.

학원 다닌 지도 6개월, 같이 공부하는 선생님들은 학원 프로그램 대로 착실하게 숙제를 하면서 청취력이 느는 것 같았다. 혼자서 영화로 공부하는 나만, 글자를 안 보면 못 알아들었다.

「더 리더: 책 읽어주는 남자」는 내가 바라던 완벽한 영화였다. 혼자 걸을 때는 고요, 자전거를 탈 때는 설레는 미소, 말투마저 또박또박한 독일식 영어. 영화 초반에는 베드신까지 아주 많아서 못 알아듣는 장면이 없었다. 볼 때마다 먹먹한 울림도 있었다. 꿈에 영화 속 배우 데이빗 크로스가 나와서 좋아 죽을 뻔도 했다. 50번을 읽고 들었다.

「악마는 프라다를 입는다」를 들으면서 터덕거렸다. 꾸역꾸역 24번을 읽고 들었을 때, 박욱현 선생님이 영작을 가르쳐줬다. 나는 말보다는 글을 영어로 옮기고 싶은 사람이었다. 첫 글을 쓰고서는 자랑도 무척 많이 했다. 그런데 망했다. 진짜 망했다. 엉터리지만 툭툭 삐져나오려던 영어가 '이게 맞나?' 자기 검열하면서 닫혀버렸다.

한여름, 절정의 휴가철에 나는 입원했다. 자궁에 돋아난 근종을 마취해서 떼어냈다. 수술 끝나고 8시간 동안 꼼짝 못 하고 누워 있을 때도 이어폰으로 영어를 들었다. 내가 숱하게 소리 내서 읽었던 문장들만 들렸다. 글자를 손으로 짚으며 읽지 않은, 듣지 않은 영어들은, 여전히 안드로메다의 '외계어'였다.

퇴원하고 내내 더위를 탔다. 영어 공부하려는 마음도 팍 시들었다. 공부를 하다 보면, 아주 쉽고 재미있어지는 순간이 온다고 했다. 공부 분량과 상관없이 갑자기 닥쳐온단다. 그게 문리(文理)를 깨치는 거라는데 내가 이렇게 영어를 시큰둥하게 대하고 있으면 어쩌나? 걔(문리)는 나한테 왔다가도 못 알아보고 가버리겠지.

다시 이어폰을 끼고서 정성 들여 영어를 들었다. 소리 내서 영어책을 읽었다. 그날도 그랬다. "그거 좀 빼." 남편의 잔소리를 들으면서도 1시간쯤 이어폰으로 영어를 들었다. 자려고 침대에 누운 순간, 오토바이 시동 소리가 났다. 밖을 내다봤더니 특별한 건 없었다. 옆에 누운 남편한테 물었다.

"여보, 무슨 소리 나지? 오토바이 엔진 소리."

"안 나는데…."

모두 잠든 밤. 나는 그 소리를 찾아 거실과 주방, 베란다를 뒤지고 다녔다. 덜컥! 그 소리는 내 왼쪽 귀에서 나고 있었다. 밤새 잠을 잘 수 없었다. 아침 일찍 선규를 유치원에 보내고, 남편과 같이 이비인후과에 갔다. 선생님이 나보고 하루에 이어폰을 몇 시간이나 듣느냐고 물었다. 남편이 얄밉게 끼어들었다.

"하루에 서너 시간씩 들어요. 그렇게 듣지 말라고 해도, 말을 안 들어요."

"(칫, 일하고 애 키우는 아줌마가 그렇게 많이 들을 수나 있어?) 한두 시간만 들어요."

"이어폰으로 너무 많이 들어서 그래요. 노인성 난청이 올 수도 있어요. 시작은 다 그래요. 없는 소리가 나기 시작합니다."

남편은 '내 그럴 줄 알았어.' 하며 자신의 예언 능력을 뽐내지 않았다. 대참사를 겪고도 그만둘 것 같지 않은 아내의 성격을 헤아렸다. 남편은 스마트폰에 연결할 수 있는 스피커를 사주었다. 생각만큼 소리가 크지 않은 게 맘에 걸렸는지, 사무실 스피커까지 가져다가 식탁 한쪽에 설치해줬다. 이제 우리 식구들은 밥 먹으면서도 '개소리' 같은 영어를 듣고 있다.

영어 공부 1년이 되는 10월. 선규는 계단에서 자전거와 굴러떨어져 앞니 두 개를 뺐다. 제규는 활막염으로 갑자기 걷지도 못해서 일주일간 입원했다. 일상은 엉망이 됐다. 아이들이 건강했기 때문에 내가 공부할 수 있었다는 걸 알았다. 학원 갔다 올 때 주차장에서부터 들리던, 두 아들의 육탄전 소리는 우주의 섭리였다.

"엄마, 내일 선규 누가 봐요? 선생님(베이비시터) 오세요?"

제규는 금요일 저녁마다 물었다. 아빠는 바쁘고, 엄마가 기댈 사람은 자기밖에 없다는 걸 모른 척하지 않았다. 토요일 아침 일찍, 밥도 안 먹고 나가서 친구들이랑 놀고 내가 영어 학원 가는 오후 2시에 맞춰 들어왔다.

언젠가는 나도 문리를 깨쳐서, 학원 안 가고도 영어를 잘하는 날이 올 거다. 그 영광은 모조리 강제규 님에게 바치고 싶다.

스무 살의 사치 기준, 신칸센과 피규어

"엄마, 이거 재밌어요."

고등학교 1학년 가을, 제규가 책을 권했다. 처음 있는 일이었다. 제목은 『십 대 밑바닥 노동』, 부제는 '야/너로 불리는 이들의 수상한 노동 세계'. 부려먹기 쉽고 말 잘 듣는 청소년들이 노동법의 보호를 받지 못하고 일하는 내용이었다. 제규는 책의 어떤 부분에 끌렸을까. 나는 묻지 못했다. 끝까지 읽는 게 힘들었으니까.

고등학교 2학년 여름, 1년 넘게 식구들 저녁밥을 짓고서 맞는 방학. 제규는 뜻밖의 포부를 밝혔다. 식당에 가서 직접 일을 배우고 싶다고 했다. 나는 제규에게 늦잠도 자고, 게임도 실컷 하라고 설득했다. 물러서지 않았다. 논쟁을 지켜보던 남편이 중재안을 냈다.

"요리 학원에 가서 배우면 되지."

제규는 한식, 일식, 양식 조리사 자격증을 차례로 땄다.

고등학교 3학년 여름, 제규는 "알바 구했어요."라고 통보만 했다. 우리 식구들은 가지 않는 대형 마트의 푸드 코트에서 일한다고 했다. 김밥을 말고, 떡볶이와 우동을 만들고, 순대를 써는 일이 재미있나? 물어보면 대답은 똑같았다. "일하는 거 좋아요." 하지만 사장님한테 혼났다고 시무룩해서 돌아오는 밤도 있었다.

개학하고도 알바를 계속했다. 학교 끝나면 장을 보고 (친구들이랑) 집으로 와서 음식을 해 먹던 일상은 달라졌다. 정규 수업 끝나고는 바로 일터로 갔다. 일주일에 나흘, 오후 6시에서 10시까지 일했다. 금요일부터 일요일까지 일하는 친구한테 사정이 생기면 '대타'를 뛰러 갔다. 어떤 때는 너무 고단한지 주말 내내 잠만 잤다.

"으하하하! 엄마, 월급 받으니까 엄청 좋아. 최저 시급이 6,470원(2017년 최저 임금)이거든요. 나는 7,000원 받아요. 일이 빡센 데는 원래 사장님들이 조금씩 더 줘요."

나는 쓸데없는 걱정을 했다. '첫 월급 탔다고 우리 아들이 빨간 내복 사 오면 어떡하지?' 제규는 동생에게 큐브를 선물해주었다. 마침 생일을 맞은 아빠한테는 속옷 몇 장. 나한테는 "엄마도 두 달 뒤에 생신이니까 기대하세요." 하고 끝이었다. 자신을 위해서는 20만 원짜리 레고를 샀다. 오호라, 인생을 아는 남자일세!

평생 육체노동자로 산 우리 엄마는 "출근한다."는 말을 쓴 적 없다. "일 간다."고 했다. 제규도 알바 갈 때는 "일 가요."라고 말했다. 필요한 거 있으면 문자 보내라고 하고 밤에 올 때는 이것저것 사 왔다. 가끔씩은 사장님이 싸준 떡볶이와 순대를 가져왔다. 식탁 위에 캔 맥주까지 차려놓고는 "엄마!" 하고 불렀다. 안 먹을 거라던 나는 굴복했다.

"엄마, 봉투에 못 넣어서 미안해요. 추석 때 돈 많이 들잖아요. 이거 보태 쓰세요."

명절 하루 전날 밤, 제규는 돈 5만 원을 줬다. 남편한테도 똑같이 줬다. 10만 원은 제규가 14시간 30분간 일해야 버는 돈이었다. 요리 대회 재료 값 30만 원도 스스로 번 돈으로 냈다. 제규와 친구 준혁이는 대회 나간다고 우리 집에서 며칠 밤을 샌 적 있다. 밤새 음식 만들고 치우는 게 뭐가 그리 재밌나. 아이들이 킥킥킥 웃는 소리가 안방까지 들렸다.

늦가을 밤, 제규는 길에서 중학교 때 선배를 만났다. 선배는 키가 훌쩍 자란 제규를 못 알아봤다. 둘은 중학교 때 어울려 놀던 추억을 소환했다. 그때처럼 놀아볼까. 선배와 제규, 또 다른 친구는 대학 입시 끝나고 오사카와 교토 여행을 가기로 했다. 왕복 항공권을 예약하고 도심에서 7.2km 떨어진 곳에 숙소도 정했다.

"제규야, 다 해서 얼마 나왔어? 네 계좌로 보내줄게."

"나도 돈 버는데 왜 엄마 돈을 받아요?"

제규는 수능 끝나고 학교에 안 나갔다. 알바 쉬는 날에는 밤새 게임을 하거나 영화를 봤다. 필요한 돈은 벌어서 쓰고, 밥을 차려서 식구들까지 다 먹이고, 아빠가 바쁘다고 해서 집 청소도 맡아했다. 동생을 데리고 동네 햄버거 가게와 장난감 가게에도 다녔다. "내일 학교 가려면 일찍 자라."는 내 잔소리가 빠진 집안은 평온했다.

제규와 준혁이에게는 맛있는 음식을 먹어보는 것도 공부. 나는 아이들을 데리고 대전에 있는 레스토랑 '뉴욕부엌'에 갔다. 오너 셰프 김인혜 씨는 대학 4학년 때 미국으로 건너가서 10년간 요리를 했다. 우리 동네에서는 먹기 힘든 미국 음식을 만든다. 언젠가 자기 음식점을 내고 싶은 제규와 준혁이는 공손한 태도로 레스토랑의 주방을 구경했다.

밥 먹고 군산으로 돌아오는 길. 제규와 준혁이는 신세 진 사람처럼 내게 “고맙습니다.”라고 했다. 울컥했다. 돈 귀한 줄 아는 아이들은 돈을 쓸 줄도 안다. 크리스마스라고, 준혁이는 24,000원짜리 아이스크림 케이크 4개를 제규와 친구들한테 보냈다. 참아야 하는데, 나는 그러지 말라는 잔소리를 했다. 쓰려고 돈을 번다는 아이들이 말했다.

“근데 스무 살 되니까 보호막이 사라지는 느낌이에요.”

1월 31일, 제규는 예정대로 오사카에 갔다. “사진 좀 보내.” 나는 독촉했다. 시장에 진열된 생선과 야채, 음식점들, 도로를 지나는 사람들 사진이 날아왔다. 사진 속 제규는 하얀 비닐봉지 하나를 덜렁거리면서 이국의 거리를 걸어 다니고 있었다. 자신의 미래를 가늠해본 건가. 주방에서 혼자 일하는 요리사의 등 사진 두 장을 보내왔다.

일본에 같이 갔던 제규의 선배와 친구는 엿새 뒤에 한국으로 돌아왔다. 교토에 혼자 남은 제규. 도쿄로 올라가서 또 다른 친구들을 만날 예정이었다. 교토에서 도쿄까지 버스비는 약 5만 원, 신칸센은 약 12만 원. 7만 원 차이였다. 제규의 선택은 빤했다. 싼 게 좋겠지. 소용없다는 걸 알면서도 “신칸센 타. 엄마가 돈 줄게.”라고 매달렸다.

스무 살 청년에게도 사치의 기준이 있다. 몇 십만 원이 넘는 피규어를 사고, 어떤 브랜드의 오리지널 운동화와 청바지는 사도, 고속열차는 못 탄다. 비싸니까. 나는 플랜 B를 제시했다. 도쿄로 가는 비행기는 8만 원이라고. 그날 밤, 제규는 도쿄의 나리타 공항에 내렸다. 저녁을 먹고는 캡슐 호텔이 있는 2터미널로 갈 거라고 했다.

캡슐 호텔은 예약제. 무턱대고 찾아간 제규는 묵을 수 없었다. "노숙 해보고 싶었는데 잘됐어요. 돈도 아끼고요." 애타는 사람이 방책을 마련한다. 나는 공항에서 1.4km 떨어진 호텔방을 예약했다. "제규야, 못 물러. 엄마는 취소하는 방법을 몰라." 부모 말을 안 듣도록 설계된 아들은 자정 직전에 트렁크를 끌고 호텔까지 걸어갔다. 택시비가 아까우니까.

"엄마! 얼마짜리 방이에요? 너무 좋아. 침대도 두 개야. 근데 돈 아깝게 왜 그랬어요?" 제규는 돈 아깝다는 말을 잘한다. 그날그날 일한 시간을 적어놓은 알바 장부를 보면, 아이를 이해할 수밖에 없다. 일한 만큼만 받는 월급. 가장 많을 때가 70만 원대였다. 알바 해서 학비 벌려면 엄청나게 일해야 한다면서 "엄마, 대학 등록금이랑 기숙사비 걱정 안 하게 해줘서 고마워요."라고 했다. 당연하게 받아들이지 않았다.

2018년 최저 시급은 7,530원. 제규는 7,700원을 받는다.

남들보다 조금씩 돈을 더 주는 사장님도 가끔은 '후려치기'를 한다. 손님이 없으면 먼저 들어가라고 한다. 제규는 이해한다. "막상 나도 사장 되면 그럴지도 몰라요." 하지만 금방 바로잡았다. 자기는 식당을 차려도 테이블 여섯 개만 놓고 혼자 할 거란다. 알바 고용할 걱정은 않는다고 했다.

제규는 6개월간 한 알바, 준혁이는 고등학교 3년 내내 했다. 지금은 소고기 무한 리필 집에서 일한다. 평일에는 오후 5시부터 11시 반까지, 주말에는 꼬박 12시간 근무를 한다. 시급은 8,000원. 조리학과를 졸업하고 가게를 차린 사장님은 준혁이를 총애한다. 퇴근할 때는 집에 태워다주거나 택시비를 따로 준다.

나는 준혁이에게 묻고 싶은 게 많았다. 여름방학 때처럼, 약속만 잡으면 점심을 같이 먹을 줄 알았다. 웬걸! 나중에 스테이크 전문점을 차리고 싶은 준혁이는 고기 손질을 잘하고 싶어서 출근 시간보다 일찍 나가서 일을 배운다. 그래도 낭만을 아는 청년. 사장님한테 휴가를 받고 친구들과 일본 미식 여행을 가고 없었다. 나한테는 카톡으로 답을 해왔다.

"저는 일을 선택할 때 기준이 '하고 싶은가'예요. 일을 하면서 '돈 말고 얻는 게 있는가'도 따지고요. 그렇게 일하니까 힘든 거는 못 느껴요. 요리 대회도 제가 하고 싶은 열정이 있어서 피곤하고 힘든 것도 견딜 수 있었던 것 같아요. 학생 신분인데, 수입이 있는 거 자체가 자신감을 줘요. 생활에 안정감도 주고요. 부모님의 부담을 덜어드릴 수 있어서 뿌듯함도 느끼고요. 대학은 전액 장학금을 받고 갔어요. 교수 추천 장학금과 국가 장학금 합쳐서요."

고등학생 때부터 노동자였던 아이들. 하대하는 사장님을 만난 적은 없다. 그래서 아이들은 일하는 재미를 알고 자부심을 가졌다. 제규는 "일 끝나면 음악 들으면서 걸어와요. 그 시간이 진짜 좋아. 아무 생각이 안 들어요."라고 했다. 대학에 다니면서도 일은 계속할 거란다. 부모님한테 용돈 달라고 손 벌리는 일은 좀 부끄러운 것 같다고.

한 달 전, 아이들과 우연히 들렀던 군산 구시가의 '화교역사박물관'이 생각난다. 원래는 '용문각'이라는 오래된 중국 음식점이었다. 주인은 한국에서 태어난 화교 2세대. 일흔 살 넘어서 음식점을 그만두었다. 월세를 내놓으면 100만 원도 더 받는 가게를 박물관으로 만들어서 무료로 개방한다. 아이들에게 중국옷을 입혀주고 중국 장난감을 들려주는 노부부의 웃는 얼굴이 환하고 순했다.

제규와 준혁은 어떤 얼굴의 요리사가 될까. 대학을 졸업하고 식당에 고용된 요리사로 일해도 지금처럼 살 수 있을까. 수십 년간 밥벌이를 해온 나는 체념을 빨리 한다. 그러나 아이들의 미래를 말할 때만큼은 기개가 꺾이지 않는다. 많이 웃고, 맛에 대한 호기심이 열려 있고, 근육 운동을 계속해서 등도 넓고, 피규어도 사랑하는 성정이 훼손되지 않는 요리사로 살면 좋겠다.

쓰는 사람이 되고 싶다면

독자에서 에세이스트로

2022년 4월 29일 1판 1쇄

지은이 배지영

편집 최일주, 이혜정, 김인혜 | **디자인** 디자인 〈비읍〉 | **제작** 박흥기

마케팅 이병규, 양현범, 이장열 | **홍보** 조민희, 강효원

인쇄 천일문화사 | **제책** J&D 바인텍

펴낸이 강맑실 | **펴낸곳** (주)사계절출판사 | **등록** 제406-2003-034호

주소 (우)10881 경기도 파주시 회동길 252

전화 031)955-8588, 8558

전송 마케팅부 031)955-8595, 편집부 031)955-8596

홈페이지 www.sakyejul.net | **전자우편** skj@sakyejul.com

트위터 twitter.com/sakyejul | **페이스북** facebook.com/sakyejul

인스타그램 instagram.com/sakyejul | **블로그** blog.naver.com/skjmail

ISBN 979-11-6094-931-5 03800